KB246180

성공하고
싶을 때
일하기 싫을 때
읽는 책

성공하고 싶을 때 일하기 싫을 때 읽는 책

바이취엔전 지음 ● 강경이 옮김

새론북스

30년 전, 산골에 살던 열여덟 살의 한 젊은이가 미래에 대한 부푼 꿈을 안고 고향을 떠났다. 그의 가족은 조상 대대로 찢어지게 가난하게 살았지만 누구 하나 고향의 울타리를 벗어나겠다는 생각은 하지 않았다. 그러나 젊은이는 자신의 운명을 바꾸고자 했기에 마을을 떠나기로 결정했다.

용기를 내어 굳게 결심했지만 어린 나이에 아무런 연고도 없는 타지로 떠나려니 막막하고 두려운 마음이 드는 건 어쩔 수 없었다.

젊은이는 떠나기에 앞서 마을에서 최고 연장자인 노인을 찾아가 인사도 드릴 겸 충고와 조언을 부탁하기로 했다.

젊은이가 찾아간 날, 노인은 마침 서예를 연습하는 중이었다. 그는 젊은이가 미래를 개척하기 위해 외지로 떠나겠다는 뜻을 밝히자 종이 위에 크게 글자를 썼다.

'두려워 마라!'

그리고 고개를 들어 젊은이를 쳐다보며 말했다.

"여보게, 인생의 성공 비결은 딱 두 가지라네. 오늘은 먼저 하나만 알려주지. 일단 이 한 가지를 유념하고 살면 절반은 성공하는 거야."

마을을 떠난 젊은이는 낯설고 번화한 도시에서 온갖 좌절과 실패를 겪었지만 그때마다 스스로에게 "두려워 마라!"를 외치며 마음을 다잡았다. 아무리 일이 안 풀려도 결코 운명 앞에서 무릎 꿇지 않았다.

30년 후, 어느덧 중년이 된 젊은이는 현모양처, 아들, 딸과 함께 행복한 가정을 거느린, 크게 성공한 부자가 되어 있었다. 물론 그렇다고 그의 마음속에 근심거리가 없었던 것은 아니다. 아직 못다 이룬 일에 대한 미련, 지난날의 행동에 대한 후회 등이 가슴 한구석에 묵직하게 자리하고 있었다.

어느 날 그는 가족들을 데리고 고향을 찾아갔다. 고향으로 가는 길은 참으로 멀게만 느껴졌는데, 그는 도착하자마자 젊은 시절 자신에게 조언을 해주었던 노인부터 찾았다.

그러나 그는 노인이 몇 년 전에 작고했다는 소식만 들을 수 있었다. 노인의 가족들은 밀봉된 편지봉투를 가져와 그에게 건네주었다.

"이건 어르신이 생전에 자네에게 남기신 거라네. 어르신께선 자네가 언젠가 다시 돌아올 거라고 하셨지. 한번 열어보게!"

30년 전 마을을 떠났다가 금의환향한 젊은이는 당시 노인에게 인생 비결 두 가지 중 하나를 마저 듣지 못했던 일을 떠올렸다.

조심스럽게 편지봉투를 열어본 그는 노인의 선견지명에 놀라지 않을 수 없었다. 편지에는 그의 마음을 대변이라도 하듯 '후회하지 마라!'라는 말이 씌어 있었다.

먹먹했던 그의 가슴이 이내 후련해졌다.

보통, 인생을 개척하기 가장 좋은 시기는 중년이 되기 전까지다. 중년이 될 때까지 용기 있게 행동하지 못하고 머뭇거리기만 한다면 당신의 인생은 마이너스 성적표를 얻을 수밖에 없다. 그러므로 기력이 왕성한 시기에 투지와 추진력을 잃지 않도록 항상 '엔진'을 켜두어야 한다.

또한 중년을 넘긴 사람들은 대개 지나온 행적을 돌이켜보며 반성의 시간을 자주 갖는다. 추억의 시곗바늘을 과거로 돌려 그동안 자신이 해왔던 많은 일들을 후회하거나 아쉬워한다. 그러나 최선을 다해 살아왔다면 절대 과거를 후회할 필요가 없다.

"삶의 전반전에는 두려움을 잊고 살되, 중년 이후인 후반전에는 후회하지 마라."

이것이 곧 노인이 전하고자 했던 인생철학의 핵심이었다.

이 책에는 삶에 유익한 깨달음과 감동, 충고를 선사하는 다양한 에피소드들이 담겨 있다. 운명, 생존, 성공과 실패, 마음가짐, 기회, 처세, 대인관계 등의 테마를 주축으로 잔잔한 감동을 전하는 이야기들이 펼쳐진다. 각 에피소드마다 삶을 맛있게 요리하는 레시피들이 일목요연하게 가미되어 있어 언제 어디서나 쉽게 삶의 지혜를 건져 올릴 수 있다.

인생에는 깨달음이 필수다. 깨달음을 얻은 사람만이 지혜롭고 행복한 삶, 후회 없는 완벽한 삶을 살 수 있다.

실패를 밟고 성공으로 올라서라

삶에 적극적인 이미지를 불어넣어라

즐거워하라, 그리고 더 행복해져라

자신의 운명을
스스로 바꾸고 결정하라

운명은 바뀔 수 있을까? 물론 가능하다. 그뿐만 아니라 스스로의 운명을 결정할 수도

있다. 자신의 운명을 컨트롤할 수 있는 열쇠를 쥔 사람은 이 세상에 단 하나, 바로 당

신 자신이다.

토끼는 세상에서 가장 온순한 동물 중 하나다. 초식동물인 토끼는 풀만 뜯어 먹고 사느라 결코 다른 동물들을 해치지 않았다. 그러나 정작 자신들은 걸핏 하면 여우, 늑대, 호랑이 등 힘센 동물들의 먹잇감으로 희생되어야 했다.

이에 불만을 품은 토끼가 어느 날 하느님에게 달려가 더이상은 토끼로 살기 싫으니 제발 운명을 바꿔달라고 하소연했다. 인자한 하느님은 토끼의 요구를 흔쾌히 들어주었다.

"좋다! 너는 무엇으로 변하고 싶으냐?"

토끼가 대답했다.

"새가 되어 하늘을 자유롭게 날아 다니고 싶어요. 그러면 여우며 늑대며 호랑이들이 다시는 저를 잡을 수 없을 거예요."

하느님은 토끼를 새로 변신시켰다. 그러나 며칠 안 지나 새가 다시 찾아와 애원했다.

"자상하신 하느님, 저는 더이상 새로 못 지내겠어요. 하늘을 좀 날라치면 독수리가 눈을 부릅뜨고 달려들고, 나무 위에 둥지를 틀라치면 독사가 나타나 물어 죽이려고 안달이에요. 이렇게는 도저히 살 수 없어요."

"그럼 어떻게 하면 좋겠느냐?"

"바다 속 물고기로 변했으면 해요. 바다 속에는 독수리도 독사도 없으니 안심하고 지낼 수 있지 않을까요?"

이렇게 해서 새는 다시 물고기로 변신했다. 하지만 물고기의 상황은 더욱 참담했다. 겉으로는 평온해 보일지 모르지만 푸른 망망대해 속에서도 먹고 먹히는 약육강식의 전쟁이 일상화되어 있었다. 며칠을 버티지 못하고 물고기는 또다시 쪼르르 하느님을 찾아가 이번에는 사람이 되고 싶다고 했다. 물고기는 애절하게 부탁했다.

"사람은 만물의 영장이라죠. 철근과 시멘트로 만들어진 견고한 집에 살면서, 최첨단 무기와 장비들까지 사용하니 아무리 사나운 맹수도 그들 앞에서는 꼼짝 못 할 거예요. 숲 속에 사는 위풍당당한 사자나 호랑이들도 동물원 철창신세가 되고, 뱀이나 독수리도 요리 재료가 되어 식탁 위에 오르잖아요?"

하느님은 이번에는 만족하겠지,라고 생각하며 그를 사람으로 변신시켜주었다. 그런데 며칠 후 그가 또다시 찾아와 하소연했다.

"정말 끔찍해요! 도처가 피로 물들고, 온통 시체와 폐허뿐이에요. 이렇게 살 수는 없어요."

마침 당시는 전쟁 때문에 무수한 군인들이 서로 아귀다툼을 벌이고, 사람들은 여기저기를 떠돌며 추위와 굶주림에 허덕이고 있을 때였다.

하느님이 물었다.

"그럼 이제 어쩌고 싶으냐?"

사람이 대답했다.

"이곳은 진절머리가 나요. 다른 세상으로 떠나고 싶어요. 차라리 저를 하느님으로 만들어주세요!"

더이상 참지 못한 하느님은 그의 요구를 무시한 채 한마디 던졌다.

"하느님은 유일무이한 존재이니라. 하느님이 많아지면 싸움만 일어날 뿐이다."

생각이 꼬리를 물다

자신의 운명을 바꾸고 싶어 한다는 것은 긍정적인 일이다. 하지만 겉으로 드러나는 형식적인 변화만을 추구해서는 소용이 없다. 자신의 내면, 즉 마음가짐부터 정화하고 볼 일이다. 자신의 마음을 바꿔야만 운명의 유쾌한 반전을 꿈꿀 수 있다. 그렇지 않고서는 운명이 바뀌어도 악순환의 연장이 될 뿐이다.

자신을 정확히 직시하면 모든 것이 바뀐다

몇십 년 전 뉴욕의 북쪽 교외 지역에 샤샤라는 아가씨가 살고 있었다. 그녀는 자신의 이상이 영원히 실현될 수 없을 거라며 자책하곤 했다. 그녀의 꿈은 여느 젊은 아가씨들이 그렇듯 백마 탄 멋진 왕자와 결혼해 백년해로하는 것이었다. 샤샤가 종일 앉아서 환상에 젖어 있는 사이, 주변의 친구들은 모두 짝을 찾아 가정을 이루었다. 그녀는 어느새 나이만 먹은 노처녀가 되었고, 자신의 꿈이 이대로 물거품이 되는가 싶자 전전긍긍하기 시작했다.

어느 비 오는 날 오후, 샤샤는 가족들의 권유로 한 유명한 심리학자를 찾아갔다. 악수를 하는 순간 심리학자는 그녀에게서 지독한 외로움을 읽어낼 수 있었다. 상대방마저 한기를 느끼게 할 정도로 차가운 손, 초점을 잃은 처연한 눈빛, 맥없이 허공을 맴도는 듯한 목소리, 창백하고 초췌한 얼굴이 "난 이제 절망의 끝에 다다라 더이상 희망이 없어요"라고 말하는 듯했다.

심리학자는 한참 동안 침묵하다가 입을 열었다.

"샤샤, 한 가지만 날 좀 도와주겠어요? 전 지금 당신의 도움이 절실히 필요하답니다. 가능한가요?"

샤샤는 반신반의하며 고개를 끄덕였다.

"화요일 저녁에 우리 집에서 파티가 열려요. 그런데 제 와이프가 그날 너무 바쁘다는군요. 당신이 와서 손님맞이를 좀 도와주었으면 해요. 우선, 내일 아침 일찍 나가서 새 옷을 한 벌 마련하세요. 당신이 직접 고르지 말고 점원에게 조언을 구해서 그들이 권해주는 대로 옷을 사는 거예요. 그리고 나서는 미용실에 가서 헤어스타일을 바꾸는 게 좋겠어요. 이때도 헤어디자이너의 의견을 따르도록 하세요. 다른 사람들의 조언을 들으면 유익할 때가 많거든요."

심리학자는 계속 말을 이어갔다.

"그날 우리 집을 찾는 손님들이 꽤 많을 거예요. 당신은 손님들에게 인사하고 안내하는 일을 도와줘요. 날 대신해서 그들을 환영해주면 돼요. 손님들 한 분 한 분을 세심하게 챙기면서요. 알겠죠?"

샤샤의 얼굴에 불안한 기색이 역력했다. 그러자 심리학자는 그녀를 다독였다.

"괜찮아요. 아주 간단한 일인 걸요. 둘러봐서 음료가 없는 사람이 보이면 한 잔 가져다주면 되고, 안이 너무 덥다 싶으면 창문을 열어주면 돼요."

샤샤는 결국 해보기로 동의했다.

화요일 저녁, 샤샤는 깔끔하게 머리를 손질하고 단정한 옷차림으로 파티에 참석했다. 심리학자가 부탁한 대로 그녀는 성심성의껏 손님들을 살뜰히 챙겨주었다. 그 순간만큼은 다른 사람들을 도와줘야겠다는 생각뿐이었다. 어느 순간 그녀의 눈은 초롱초롱해졌고 얼굴 가득 미소가 피어났다. 잠시나마 그녀를 괴롭혀오던 묵직한 고민들을 완전히 털어버린 듯했다. 게다가 그녀는 그날 파티에서 최고의 퀸카로 주목받았다. 파티가 끝나자 세 명의 청년이 동시에 그녀를 집까지 바래다주겠다고 나설 정도였다.

얼마 후 세 청년은 그녀에게 열렬한 구애 작전을 펼치며 프러포즈했다. 행복한 고민에 빠진 그녀는 결국 그중 한 명을 선택하여 결혼에 골인했다. 행복해하는 신부를 바라보며 사람들은 심리학자가 기적을 만들어냈다고 입을 모았다.

생각이 꼬리를 물다

스스로를 자책하고 외로움 속으로 내몰다보면 결국 자기 마음을 쉽사리 열지 못하고, 타인의 마음까지도 멀어지게 만든다. 정확한 눈으로 자신을 직시해야만 삶이 유쾌해지고, 일도 술술 풀린다. 그러면 주변의 모든 것이 새롭게 보일 것이다.

미국 최고의 석유재벌 폴 게티는 한때 못 말리는 골초였다.

어느 날 그는 휴가를 보내기 위해 차를 몰고 프랑스 땅을 지나고 있었다. 공교롭게도 그날은 폭우가 쏟아져 땅이 질퍽했다. 몇 시간 동안 힘들게 운전하느라 지친 그는 작은 도시의 여관에서 하룻밤 묵기로 했다. 저녁 식사를 마친 그는 방으로 돌아와 바로 잠자리에 들었다.

새벽 두 시쯤, 담배 생각이 간절해진 게티는 침대에서 일어났다. 불을 켜고 잠자기 전 탁자 위에 놓아두었던 담뱃갑 쪽으로 자연스럽게 손을 뻗었다. 그런데 담배가 한 개비도 남아 있지 않았다. 침대에서 내려와 옷 주머니를 이리저리 뒤적거려봤지만 수확은 없었다.

그는 혹시 트렁크 안에 우연히 떨어뜨린 담배를 찾을 수 있지 않을까, 하는 실낱같은 희망을 품고 짐 가방을 뒤지기 시작했다. 그러나 담배는 없었다. 여관 내 술집과 레스토랑은 벌써 문을 닫았을 시간이었다. 그 시간에 벨보이를 부르자니 그것도 못할 짓이다 싶었다. 담배를 구하기 위해서는 기차역까지 나가 사오는 수밖에 없었다. 하지만 기차역은 여관에서 몇 블록이나 떨어져 있었다.

보아하니 바깥 상황도 여의치 않았다. 밖에는 여전히 비가 추적추적 내리고 있었다. 게다가 자동차는 여관에서 조금 떨어진 차고에 세워두었는데, 그곳은 자정에 문을 닫고 새벽 여섯 시가 되어야 문을 연다고 했다. 택시를 탈 수 있는 확률도 거의 희박했다.

결국 담배를 피우려면 빗속을 헤치고 몸소 기차역까지 다녀오는 수밖에 없었다. 하지만 흡연의 욕망은 계속해서 그를 잠식해왔다. 담배 한 모금이 너무나 간절했다. 그는 잠옷을 벗고 외투로 갈아입고는 우비를 주섬주섬 챙겼다. 그런데 그가 갑자기 멈칫하더니 큰 소리로 웃기 시작했다. 순간 자신의 행동이 얼마나 터무니없고 우스꽝스러운지 깨달았던 것이다.

게티는 붙박이처럼 서서 생각에 잠겼다. 소위 지식인이자 비즈니스맨이라 불리며 타인에게 모범을 보여줘야 할 입장에 서 있는 사람이 한밤중에 겨우 담배 한 개비 때문에 호들갑을 떨었다는 생각에 얼굴이 붉어졌다.

이를 계기로 게티는 그동안 대수롭지 않게 여겨온 자신의 습관을 돌아보게 되었다. 오랫동안 스스로를 옭아매는 못된 습관을 만들어놓고 이를 만족시키기 위해 혈안이 되어 있었다. 게다가 이 습관은 백해무익한 것이 아니었던가. 그는 머릿속이 환해지는 느낌을 받았다. 그리고 바로 결단을 내렸다.

그는 탁자 위에 놓여 있던 담뱃갑을 구겨서 쓰레기통에 집어넣었다. 그런 다음 다시 잠옷으로 갈아입고 침대에 누웠다. 일종의 해방감과 성취감 속에서 그는 불을 끄고 창을 두드리는 빗소리를 들으며 눈을 감았다. 몇 분이 채 지나지 않아 그는 깊은 잠에 빠져들었다.

그날 저녁 이후 그는 두 번 다시 담배에 손을 대지 않았다.

생각이 꼬리를 물다

우리는 종종 하던 특정한 행동이 습관으로 굳어지는 것을 자주 경험한다. 일단 습관이 들면 그것은 당신의 의식을 통째로 지배하려 한다. 하지만 당신은 충분한 통제 능력을 지니고 있다. 즉, 습관을 양성할 수도 있지만 반대로 몸에 밴 습관을 억제할 수도 있는 게 사람이다.

어느 가난한 사람이 편안하고 행복하게 살아가는 한 부자를 찾아가 말했다.

"당신 집에서 삼 년만 일하게 해주십시오. 돈은 필요 없습니다. 먹여주고 재워주기만 하면 됩니다."

부자는 돈이 굳었다는 생각에 흔쾌히 그의 부탁을 받아들였다.

3년 후, 부자의 집에서 나온 그는 어디로 가야 할지 막막하기만 했다.

그로부터 10년이 흘렀다. 어느새 가난했던 그 사람은 과거의 옹색한 행색을 벗고 억만장자로 거듭나 있었다. 그에 비하니 예전의 그 부자가 초라해 보일 정도였다.

어느 날, 부자는 억만장자를 찾아가 부탁했다.

"십만 달러를 줄 테니 당신의 성공 노하우를 전수해주시오."

그러자 억만장자가 큰 소리로 웃었다.

"나는 당신에게서 배운 경험을 토대로 부를 쌓을 수 있었소. 그런데 지금 와서 당신이 돈으로 내 경험을 산다고요?"

테오는 갑작스러운 사고로 한순간에 부모님을 잃었다. 부모님은 테오와 그의 형 칼에게 작은 잡화점을 유산으로 남겼다. 그들은 낡고 오래된 상점에서 통조림과 사이다 같은 식료품을 팔면서 겨우 생계를 유지해나갔다.

궁색한 삶에 지쳐가던 형제는 부자가 되기 위한 기회를 엿보기 시작했다.

하루는 칼이 테오에게 물었다.

"왜 똑같은 상점인데도 어떤 곳은 떼돈을 벌고, 어떤 곳은 우리처럼 파리만 날릴까?"

테오가 대답했다.

"아무래도 우리의 운영 방식에 문제가 있는 것 같아. 요령 있게 잘만 경영하면 작은 사업으로도 큰돈을 벌 수 있을 텐데 말이야."

"그럼 어떻게 해야 경영을 잘할 수 있을까?"

그들은 먼저 다른 가게들을 둘러보기로 했다.

어느 날 그들이 한 상가를 지나는데 손님들이 문턱이 닳도록 드나드는 한 가게가 있었다. 형제들의 시선도 약속이나 한 듯 그 가게로 꽂혔다. 가게 근처로 다가가 보니 '우리 가게에서 물건을 사신 후에는 영수증을 잘 보관하세요. 연말에 영수증에 찍힌 총액의 3%를 할인해드립니다'라는 문구가 대문짝만하게 씌어 있었다.

그들은 이 문구를 보고서야 마침내 그 가게의 성공 비결을 알아차렸다. 적은 액수라도 할인받고 싶어 하는 고객들의 심리를 적절히 활용한 것이었다.

　가게로 돌아온 그들은 곧장 문밖에 공지를 내걸었다.

　"모든 상품을 3% 할인해드립니다. 제품을 최저가격에 제공합니다. 우리 가게보다 더 싸게 파는 곳이 있으면 차액을 돌려드립니다."

　바로 이 '훔친' 아이디어 덕분에 테오와 칼의 가게는 날로 번창해갔고, 결국 세계 최대의 체인마트 중 하나로 발전했다.

생각이 꼬리를 물다

지혜는 학습, 관찰, 사고에서 비롯된다. 부자가 되는 첫 번째 길은 부자들의 삶을 닮고자 노력하는 것이다. 부자들의 언행과 사고방식에 그들의 부자되기 노하우와 아이디어가 생생하게 녹아 있기 때문이다. 부자가 되려면 부자에게 배워라. 이들 무리 속에 잠깐만 서 있어도 부자들 특유의 기운을 느낄 수 있다.

나태하게 살던 숱한 사람들에게 경종을 울릴 만한 감동적인 이야기가 있다.

아버지가 세상을 떠나자 장남인 존은 집안을 돌보는 막중한 책임을 떠안아야 했다. 당시 그의 나이는 열여섯이었다.

존은 마을에서 최고 부자로 손꼽히는 법관 던을 찾아가 1달러를 요구했다. 예전에 던이 존의 아버지에게서 외상으로 옥수수를 사고 여태 갚지 않은 돈이었다. 그러자 던은 존에게 1달러를 주면서 반격하듯 말했다.

"자네 아버지가 나한테 사십 달러를 꿔간 적이 있는데, 그건 언제쯤 갚을 생각인가? 자네는 제발 아버지를 닮지 않길 바라네. 자네 아버지는 게을러서 한 번도 공들여 일을 한 적이 없었지."

그해 여름, 존은 매일같이 남의 밭일을 거들었다. 그리고 저녁 시간과 일요일에는 자신의 밭에서 일을 했다. 여름이 막바지로 접어들 무렵, 존은 여름 내내 모은 품삯 5달러를 법관에게 가져다주었다.

겨울이 되자 추운 날씨 탓에 농사일도 뚝 끊겼다. 존의 친구 서프가 겨울철에 돈을 벌 수 있는 아이디어를 귀띔해주었는데, 사냥해서 잡은 야생동물의 가죽을 팔면 값을 꽤 받을 수 있을 거라고 했다. 그런데 당장 사냥을 하기 위해서는 총과 밧줄, 그물, 그리고 숲에서 겨울을 보낼 수 있을 만큼의 식량을 구입해야 했다. 할 수 없이 존은 던을 찾아가 자신의 계획을 상세히 설명한 뒤 75달러를 빌렸다.

존은 가족들과 작별 인사를 하고 서프와 함께 집을 떠났다. 식량 자루와 새로 산 총, 사냥 도구를 등에 멘 채였다. 모두 던에게 빌린 돈으로 장만한 것들이었다. 한참을 걸어간 끝에 존과 서프는 깊은 숲 속의 작은 오두막 앞에 다다랐다. 서프가 몇 년 전에 손수 지은 집이었다.

그해 겨울, 존은 많은 것을 직접 체험하고 배웠다. 야생동물을 어떻게 사냥하는지, 숲 속에서 어떻게 생존하는지를 하나하나 터득해나갔다. 숲은 그의 인내와 의지력을 끊임없이 테스트했다. 그 과정에서 그는 더욱 용감하고 굳세어져 갔다.

존은 겨우내 사냥에만 몰입하며 지냈다. 3월 초에 이르러 동물 가죽들을 켜켜이 쌓아놓고 보니 그의 키는 족히 넘을 듯했고, 서프는 그 정도면 적어도 200달러는 벌 수 있을 거라고 장담했다.

존은 슬슬 집으로 내려갈 채비를 했다. 그러나 서프는 4월까지 좀더 머무를 예정이라고 했다. 할 수 없이 존은 혼자 집으로 돌아가기로 결정했다. 서프는 동물 가죽과 사냥 도구들을 단단히 묶어서 존의 등에 얹어주며 당부했다.

"내 말 잘 들어. 강을 건널 때 절대 얼음 위로 걸어가서는 안 돼. 살

얼음이 있어 위험하거든. 얼음이 다 녹은 쪽에 나무로 만든 뗏목을 띄워서 건너가도록 해. 시간은 좀 걸려도 그게 훨씬 안전할 거야."

"알겠네. 그렇게 하지."

존은 빨리 떠나고 싶은 마음에 건성으로 대답했다.

그날 숲을 따라 내려오는 길에 존은 들뜬 마음으로 자신의 미래를 설계하기 시작했다. 돌아가면 학교에 들어가 공부도 하고, 농사지을 땅도 사둬야겠다고 생각했다. 언젠가 자신도 던처럼 권세를 누리며 뭇사람들의 존경을 한 몸에 받을 날이 올지도 모를 일이었다. 등에는 육중한 짐을 지고 있었지만 마음만은 가벼웠다. 그는 집으로 돌아가면 어머니에게는 새 옷을, 동생들에게는 장난감을 선물할 생각이었다. 그리고 당장 던에게 달려갈 것이다. 아버지가 진 빚을 하루빨리 갚아버리고 싶은 마음이 간절했다.

늦은 오후가 되자 그의 다리가 슬슬 아파오기 시작했다. 등 뒤의 짐도 점점 무게감을 더하는 것 같았다. 그러는 사이 어느덧 강변에 다다랐다. 존은 이제 곧 집에 도착하겠다는 생각에 다시 기운이 났다. 그는 서프의 조언이 떠올랐지만 너무 피곤한 나머지 얼음이 녹은 곳을 찾아다니며 시간을 허비하고 싶지 않았다.

주변을 둘러보던 그는 곧게 자란 커다란 나무를 발견했고 곧장 도끼를 꺼내 들어 그 나무를 베어냈다. 나무가 옆으로 쓰러지면서 강을 가로지르는 임시 통나무 다리가 생겼다. 그가 발로 툭툭 쳐보니 나무는 꿈쩍도 하지 않았다. 이에 안심한 존은 친구의 충고를 무시하고 지름길을 택하기로 했다. 이 나무 다리로 가로질러 가면 한 시간도 안 걸려 집에 도착할 것이었다.

존은 동물 가죽 꾸러미를 등에 메고 사냥총은 품에 안은 채 나무 위를 걷기 시작했다. 발아래 나무는 별다른 흔들림 없이 버텨주고 있었다. 그러나 중간쯤 왔을 때 급기야 사단이 나고 말았다. 나무가 갑자기 흔들리는 바람에 중심을 잃은 존이 얼음 위로 떨어졌다. 순간 얼음이 쩍 갈라지면서 존은 물속에 빠지고 말았다. 소리 지를 겨를도 없이 순식간에 벌어진 일이었다.

물에 빠지면서 그의 총과 동물 가죽, 사냥 도구들도 여기저기 흩어졌다. 허겁지겁 건져보려고 했지만 물줄기를 따라 사라지고 말았다. 존은 깨진 얼음 조각을 헤치며 기를 쓰고 나아간 끝에 반대편 강변에 도착했다. 그러나 모든 것을 잃어버린 그는 망연자실한 채 눈밭에 눕고 말았다. 그러다가 벌떡 일어나 긴 나뭇가지 하나를 주워 들고 강변을 따라 초조하게 배회하며 물에 빠진 물건들을 찾아다녔다. 하지만 결국 하나도 건지지 못했다.

할 수 없이 그는 집으로 돌아가기로 결심했다. 그 전에 존은 던을 만나러 갔다. 이미 해는 뉘엿뉘엿 저물어 하늘이 어두워지고 있었다. 비 맞은 생쥐마냥 온몸이 다 젖은 존은 오들오들 떨면서 던의 집으로 들어가 던에게 그간의 일을 모두 털어놓았다. 던은 아무런 대꾸도 없이 묵묵히 듣고만 있었다. 존의 설명이 끝나자 던이 입을 열었다.

"사람은 모름지기 전문적인 능력 하나쯤은 길러놔야 하네. 자네도 이번 기회에 큰 공부했다고 생각하게. 비록 이번 일이 자네나 나한테 불행한 일이긴 하지만 어쩌겠나? 이만 돌아가 보게."

여름이 되자 존은 미친 듯이 일을 했다. 그는 가족들을 위해 옥수수와 감자를 심어 가꾸고, 틈날 때마다 남의 밭일을 도왔다. 이렇게 해서 5달러를 모았지만 그나마도 고스란히 던의 빚을 갚는 데 써야 했다. 그럼에도 아버지가 법관에게 빌린 빚은 아직 30달러나 남은 상태였다. 게다가 총과 사냥 도구를 사기 위해 빌려 쓴 75달러도 있었다. 합치면 100달러가 넘는 액수였다. 존은 평생 일해도 그 많은 빚을 다 갚지 못할 것 같았다.

10월의 어느 날, 던이 존을 불러 말했다.

"존, 자네가 나한테 얼마나 많은 빚을 지고 있는지 알고 있지? 내가 자네에게 꿔준 돈을 돌려받을 수 있는 가장 좋은 방법이 뭔지 곰곰이 생각해봤어. 그래서 말인데, 올겨울에 자네에게 사냥할 기회를 다시 한 번 주도록 하겠네. 만일 내가 칠십오 달러를 더 빌려주면 다시 사냥하러 갈 용의가 있는가?"

부끄러워 얼굴을 들지 못하던 존은 머뭇거리다가 한참 뒤에야 입을 열었다.

"그렇게 하겠습니다."

이번에 그는 혼자 숲 속으로 들어가야 했다. 서프는 이미 다른 지역으로 이사를 한 뒤였다. 그러나 그는 인디언 출신인 서프에게서 배운 사냥법들을 모두 기억하고 있었다. 길고 고독한 겨울 내내 존은 서프가 지은 오두막에 머물며 매일같이 사냥을 나갔다. 이번에는 4월 말까지 숲 속에 머물렀고 셀 수 없이 많은 동물 가죽들을 모았다.

마침내 집으로 돌아가는 길, 존은 다시 강변에 다다랐다. 그는 뗏목을 띄워 강을 건너기로 했다. 그러자면 하루가 더 걸렸지만 지난번의 아픈 기억을 되새기며 안전하게 가기로 했다. 집에 도착한 그는 법관의 도움을 얻어 동물 가죽을 팔고 300달러를 벌었다. 존은 사냥 도구를 사려고 던에게 빌렸던 150달러를 단숨에 갚을 수 있었다. 그 후 아버지의 빚도 해결했다.

다시 여름이 왔다. 존은 자신의 밭을 일구면서 그렇게도 바라던 공부를 시작했다. 그로부터 10년간 그는 매년 겨울이면 사냥을 하기 위해 숲 속으로 들어갔다. 그는 동물 가죽을 팔아 번 돈을 허투루 쓰지 않고 꼬박꼬박 저축했다. 결국 그는 악착같이 모은 돈으로 커다란 농장을 샀다.

존은 서른 살이 될 무렵 마을에서 영향력 있는 지주 중 하나가 되어 있었다. 법관 던은 이미 세상을 뜬 후였다. 던은 죽기 전에 저택과 재산을 모두 존에게 물려주었고 그에게 편지 한 장을 남겼다. 편지를 뜯어본 존은 놀라운 사실을 발견했다. 유언을 쓴 날짜는 다름 아닌 존이 처음 사냥을 가면서 던에게 돈을 꿔간 바로 그날이었던 것이다.

던의 편지에는 이런 글귀가 적혀 있었다.

"친애하는 존, 나는 자네 아버지에게 돈을 빌려준 적이 한 번도 없었네. 자네 아버지를 믿을 수 없었기 때문이지. 하지만 자네를 처음 봤을 때부터 난 자네가 마음에 들었다네. 자네는 아버지와는 전혀 다른 것 같았거든. 자네 아버지가 생전에 사십 달러를 꿔갔다고 거짓말한 것은 자네를 한번 시험해보기 위함이었네. 자네는 행운의 사나이일세. 축하하네, 존!"

봉투 안에는 편지와 함께 40달러가 동봉되어 있었다.

성실한 사람은 타인의 호감과 존경을 얻게 마련이며, 부지런한 사람은 반드시 성공으로 보답받게 되어 있다. 부지런하면서 성실한 사람은 마지막 행운을 거머쥐는 주인공이 될 것이다. 이것은 필연이다.

날마다 밭에 나가 고되게 일하던 한 가난한 농부가 어느 날 문득 이런 생각을 했다.

'매일 죽어라 일해봤자 뭐 하나. 차라리 부자되게 해달라고 정성껏 기도하는 게 더 낫겠어.'

결심을 굳힌 그는 동생을 불러 자신이 일구던 밭을 넘겨주며, 농사일을 해서 가족들이 배를 주리지 않도록 집안을 책임져달라고 신신당부했다. 모든 것을 동생에게 넘긴 후 마음이 편해진 그는 혈혈단신으로 천신묘를 찾아가 제단에 향을 피워놓고 밤낮없이 기도했다.

"하늘이시여, 저에게 부와 안정을 내려주십시오. 돈이 넝쿨째 굴러 들어오게 해주십시오!"

천신은 농부의 소원을 듣고 생각했다.

'이런 게으름뱅이 같으니라고. 일은 안 하면서 부를 바라다니. 네 전생의 이력을 아무리 들춰봐도 덕을 베풀기는커녕 인연의 소중함도 모르고 살아왔구나. 이제 와서 아무리 빌어봐야 소용없다. 하지만 기도를 듣고도 모른 체한다면 나를 지독히 원망하겠지. 저자의 욕심이 사그라지게 수를 써야겠군.'

천신은 그의 동생으로 변신해 천신묘에 등장했다. 그러고는 그와 함께 기도하며 복을 기원했다. 농부가 이를 보고 동생에게 물었다.

"여기 와서 무얼 하느냐? 분명 내가 밭을 잘 일구라고 단단히 일렀거늘. 그래, 씨는 뿌렸느냐?"

"저도 형처럼 재물을 달라고 기도하려고요. 그러면 천신님이 먹고 살 걱정 없이 살게 해주실 거 아니에요? 고생해서 씨를 뿌리지 않더라도 천신님이 보리가 잘 자라도록 보살펴주실 거예요."

그러자 농부가 대뜸 역정을 냈다.

"이 어리석은 놈아, 밭에 씨도 뿌리지 않았는데 수확을 바라다니, 그런 기상천외한 일이 세상에 어디 있다더냐?"

농부의 말에 동생은 일부러 못 들은 척 되물었다.

"뭐라고요? 다시 말해주실래요?"

"몇 번이라도 다시 말해주마. 씨를 뿌리지 않았는데 어떻게 열매가 맺히느냐고 했다. 잘 좀 생각해봐라. 이 바보 같은 녀석아."

순간 천신은 원래의 모습으로 돌아와 농부에게 충고했다.

"네 말처럼 씨도 뿌리지 않고 결과부터 바라서는 안 되느니라."

밭을 갈아야 수확을 할 수 있다. 또한 열매를 얻으려면 우선 파종을 해야 한다. 단계를 밟아가며 착실하게 노력해야만 운명을 바꿀 수 있으며, 행복한 삶을 누릴 수 있다.

고대 로마의 하드리아누스 황제는 지혜롭고 현명한 군주로 유명했다. 하루는 그가 땀을 흘리며 열심히 무화과나무를 심는 한 노인을 만났다. 그가 노인에게 물었다.

"당신은 이렇게 노동한 대가로 진정 과일을 얻기 바라오?"

노인이 대답했다.

"무화과가 열릴 때까지 살 수 없다고 해도 상관없습니다. 혹여 하느님이 그런 행운을 주신다면 기쁘겠지만 제가 죽더라도 자손들이 먹을 수 있다면 그것으로 족합니다."

"만약 하느님이 특권을 내려 자네가 이 나무의 과일을 먹을 수 있게 된다면 나에게도 알려주게. 꼭 기억하게나."

시간이 흘러 무화과나무는 노인이 세상을 뜨기 전에 풍성한 열매를 맺었다. 노인은 너무 뿌듯하고 기뻐서 무화과를 한 광주리에 가득 담아 하드리아누스 황제를 알현했다.

노인이 말했다.

"예전에 무화과나무를 심을 때 황제 폐하를 뵌 적이 있사옵니다. 이 과일 맛 좀 보십시오. 제 노동의 결실입니다."

황제는 크게 기뻐하며 노인을 금으로 된 의자에 앉히고, 그의 광주리를 황금으로 가득 채워주었다.

이때, 황제의 시종이 반대하고 나섰다.

"별 볼일 없는 노인네에게 너무 과한 호의를 베푸십니다."

그러자 황제는 단호하게 말했다.

"하느님도 저 부지런한 노인에게 특권을 부여하셨다. 하물며 내가 그냥 지나칠 수 있겠는가?"

생각이 꼬리를 물다

부지런한 사람에게 하느님은 최고의 영예와 행복을 선사한다. 반면 게으르고 나태한 사람에게는 아무런 선물도 주지 않는다. 평생 아무 일도 하지 않고 빈둥대는 자가 수확을 얻을 리 없다.

미국의 심리 전문가 로버트 필립스의 사무실에 하루는 노숙 생활을 하는 부랑자가 찾아왔다. 그는 사업 실패로 빚더미에 올라 가족들과도 뿔뿔이 흩어진 상태였다.

그는 문을 열고 들어서며 말했다.

"이 책을 쓰신 분을 직접 뵈러 왔습니다."

그는 뒤춤에서 『자신감』이라는 책을 꺼내 보였다. 로버트가 몇 년 전에 쓴 책이었다.

부랑자는 계속 말을 이어나갔다.

"어제 오후에 운명의 신이 이 책을 제 주머니에 넣어준 듯합니다. 저는 미시건 호수에 뛰어들어 자살할 생각이었습니다. 더이상 희망도 없고, 이 세상이 나를 버렸다고 생각했어요. 그런데 다행히 이 책을 만난 겁니다. 이 책을 읽으면서 마음이 바뀌었어요. 용기와 희망이 조금씩 보이기 시작했다고 할까요? 이 책의 저자라면 저의 재기를 도와줄 수 있을 거라 생각했습니다. 그래서 결례를 무릅쓰고 선생님을 찾아왔습니다. 제가 앞으로 어떻게 살아가면 좋을지 상담해주십시오.”

로버트는 그가 말하는 동안 그를 머리에서 발끝까지 찬찬히 뜯어보았다. 넋을 잃은 눈빛, 깊게 팬 주름, 열흘 넘게 깎지 않은 덥수룩한 수염, 긴장과 두려움으로 가득한 표정…… 거의 구제 불능의 수준이었다. 하지만 로버트는 대놓고 그런 모진 말을 내뱉을 수 없었다. 그래서 일단 그를 앉혀놓고 그의 지난 이야기를 귀 기울여 들어주었다.

부랑자의 이야기를 듣고 난 로버트는 잠시 생각하더니 운을 뗐다.

“제가 당신에게 명쾌한 해결책을 내어드리기는 힘들 것 같군요. 하지만 원하신다면 이 건물에 계시는 어떤 분을 소개시켜드리겠습니다. 그분은 당신이 잃어버린 돈을 되찾을 수 있도록 도와줄 겁니다. 게다가 당신이 시련을 극복하고 재기하는 데 큰 힘이 되어줄 것이고요.”

로버트의 말이 끝나기가 무섭게 그는 자리에서 벌떡 일어나더니 로버트의 손을 잡아끌었다.

“제 운이 어디까지인지 하늘에 맡겨보겠습니다. 그분을 만나게 해주십시오.”

그의 말 속에서 실낱같은 기대와 희망이 느껴졌다. 로버트는 그의 손을 끌고 심리학 실험실로 데려갔다. 그들은 커튼이 드리워진 벽을 향해 나란히 섰다. 로버트가 커튼을 당기자 한쪽 벽면을 가득 채운 거울이 드러났다. 그 순간 부랑자는 거울 속에 비친 자신의 적나라한 모습과 마주하게 되었다. 로버트가 거울을 가리키며 말했다.

“바로 이 사람입니다. 이 세상에서 당신이 재기할 수 있도록 도와줄 수 있는 유일한 사람이죠. 이 사람을 철저히 해부해보세요. 당신은 이제껏 그를 한 번도 제대로 인식해본 적이 없을 테죠. 앞으로도 계속 그럴 생각이라면 차라리 미시건 호수에 빠져 죽는 게 나을 겁니다. 지금 당신 눈앞에 있는 저 사람을 충분히 알지 못한다면 당신은 세상에서 아무런 가치도 없는 폐물에 불과합니다."

그는 거울을 향해 몇 걸음 다가가 수염으로 덥수룩한 자신의 얼굴을 손으로 어루만졌다. 그리고 거울 속의 자신을 위아래로 몇 분간 훑어보더니 이내 고개를 숙인 채 뒷걸음질 치며 서러운 울음을 터뜨렸다. 잠시 후 그들은 실험실을 나왔고, 로버트는 엘리베이터 앞에서 그의 늘어진 어깨를 다독이며 배웅해주었다.

며칠 후 로버트는 길거리에서 우연히 그를 다시 만났다. 그러나 그는 예전의 추레한 부랑자의 행색이 아니었다. 정장으로 쫙 빼입은 그의 모습과 발걸음에는 경쾌함과 힘이 실려 있었다. 불안해하고 긴장하던 나약한 모습은 감쪽같이 사라지고 없었다. 그는 로버트에게 자신의 본래 모습을 되찾게 해준 데 대해 진심으로 감사를 표했다. 거울 속의 자신과 대면한 그날 이후 그는 새로운 일자리를 구해 180도 달라진 삶을 살고 있었다.

훗날 그는 재기에 성공해 시카고에서 이름난 부자가 되었다.

고대 그리스 델포이 신전 입구에는 '너 자신을 알라'는 말이 새겨져 있다. 보통 대부분의 사람들은 자신이 도대체 어떤 사람인지 잘 모르고 지낸다. 이는 인류가 무심코 범하는 습관적 오류이며, 종종 뛰어넘기 힘든 인성의 약점이 되기도 한다. 이러한 문제의 해결책은 아주 간단하다. 거울로 자신을 비춰보라. 곧 자신감을 되찾고, 진정한 자신의 모습을 읽어낼 수 있을 것이다.

노벨 문학상 수상자 솔 벨로Saul Bellow는 어린 시절 야생동물들을 채집해 집에서 키우는 것이 낙이었다. 그러던 어느 날, 그는 이러한 취미 생활을 단번에 멈추게 한 사건 하나를 우연히 겪게 된다.

그의 집은 숲 근처에 있었는데 매일 해질 무렵만 되면 갈색지빠귀 떼가 날아와서 쉬다 가곤 했다. 지빠귀의 지저귐이 어찌나 투명하고 고운지, 그 소리 자체만으로도 귀를 즐겁게 해주는 음악이었다.

그래서 그는 아예 지빠귀 한 마리를 잡아다가 집에서 키우면 좋겠다고 생각했다. 그 새를 옆에 두고 자신만을 위해 노래하도록 하고 싶은 욕심이 발동했던 것이다. 결국 그는 숲에 가서 지빠귀를 잡아왔다. 새는 공포에 질려서인지 날개를 파닥거리며 새장 안을 초조하게 맴돌기만 했다. 그러나 서서히 안정을 되찾으면서 낯선 환경을 받아들이는 듯했다. 마침내 새장 앞에 서서 아름다운 새소리를 듣게 된 솔 벨로는 기뻐서 가슴이 벅차올랐다.

그는 새장을 집 뒤뜰에 놓아두었는데, 이튿날 갈색지빠귀의 어미 새가 입에 먹이를 물고 새장으로 날아왔다. 어미 새는 아기 지빠귀에게 물고 온 먹이를 한 입 한 입 정성껏 먹여주었다. 그 모습을 지켜보던 솔은 어미 새의 애틋한 모정에 가슴이 찡했다. 아무래도 어미 새가 와서 직접 돌봐주는 것이 아기 새에게는 잘된 일이라고 생각했다.

그런데 다음 날 아침, 뒤뜰에 나가보니 아기 새가 새장 바닥에 아무런 기척도 없이 숨죽여 누워 있었다. 뜻밖에도 새는 이미 죽은 후였다. 솔은 눈앞에 벌어진 상황이 믿기지 않았다. 그렇게 정성껏 돌봐주고, 어미 새까지 먹이를 물어다 주었는데 뭐가 부족했던 것일까?

마침 유명한 조류학자 아서 윌리가 솔의 아버지를 만나러 왔다. 솔은 그에게 갈색지빠귀의 갑작스런 죽음을 이야기했다.

아서 윌리는 솔의 이야기를 듣더니 당연하다는 듯 말했다.

"갈색지빠귀 어미는 자신의 새끼가 새장에 갇힌 걸 알고 일부러 독초를 먹였던 거야. 평생 새장 속에 갇혀서 살아가느니 차라리 죽는 게 낫다고 믿었기 때문이란다."

그 후로 솔은 다시는 어떤 생물도 잡지 않았다. 아무리 하찮아 보이는 미물일지라도 자유로운 삶에 대한 갈망은 매한가지라는 사실을 깨달았기 때문이다.

삶에서 자유만큼 소중한 것은 없다. 일단 삶의 자유를 잃어버리면 늘 어디엔가 예속되어 있는 노예나 다름없다. 자유를 원한다면 아무리 위험한 모험도 감수할 줄 알아야 한다. 즉, 자유를 지키기 위해서라면 일정한 대가, 심지어 목숨까지 내놓을 수 있어야 한다.

스스로 할 줄 아는 게 아무것도 없다고 자학하는 젊은이가 있었다. 주위 사람들도 하나같이 그가 미련하고 어리석어서 쓸모없는 자라며 비난 세례를 퍼부었다.

이 때문에 늘 고민하던 젊은이는 어느 날 스승을 찾아가 이러한 고민을 털어놓았다. 그러자 스승이 말했다.

"안타깝지만 지금은 자네를 도와줄 수 없겠네. 내 문제가 더 시급하거든."

그는 잠시 말을 멈추더니 다시 이었다.

"만약 자네가 좀 도와준다면 내 문제가 금방 해결될 거야. 그럼 나도 발 벗고 나서서 자네를 도와줌세."

"예…… 제가 스승님께 도움이 될 수만 있다면 영광이죠."

젊은이는 자신이 없는 듯 미적대며 대답했다.

스승은 손가락에서 반지를 빼더니 그에게 쥐어주며 부탁했다.

"말을 타고 시장에 가서 이 반지를 팔아주게. 내가 급하게 빚을 갚을 일이 생겼거든. 값을 잘 쳐서 팔아야 하네. 아무리 못해도 금화 한 닢 이상은 받아와야 해."

젊은이는 반지를 들고 길을 나섰다. 시장에 도착한 그가 반지를 꺼내 드니 사람들이 그를 빙 둘러싸기 시작했다. 하지만 젊은이가 반지의 가격을 이야기하자 어이없다는 반응들이 쏟아져 나왔다. 비웃는 사람도 있었고, 제정신이냐고 손가락질하는 사람도 있었다. 한 노인이 나서서 금화를 그 반지와 바꿀 어리석은 사람이 어디 있겠냐며 그를 채근했다. 그나마 은화와 구리그릇 몇 개를 주면 팔겠냐는 제안이 고작이었다. 그러나 스승의 당부를 기억하고 있던 젊은이는 단번에 이를 거절했다.

결국 젊은이는 씩씩거리며 돌아왔다. 그는 맥이 빠진 목소리로 스승에게 말했다.

"죄송합니다. 금화 한 닢 받고 반지를 파는 것은 무리인 듯합니다. 은화 몇 개를 받아도 팔릴까 말까예요."

스승이 미소를 지었다.

"이보게. 일단 이 반지의 진정한 가치를 알아야 하지 않겠나? 지금 당장 말을 타고 보석 가게로 가서 그 반지를 팔고 싶다고 말하고 얼마까지 쳐주겠느냐고 물어보게. 단, 상대가 무슨 말을 하든지 반지는 절대 팔지 말고 그대로 가지고 돌아와야 하네."

젊은이는 스승의 말대로 보석 가게를 찾아갔다. 가게 주인은 밝은 등불 아래서 확대경으로 반지를 꼼꼼히 살핀 뒤 말했다.

"젊은이, 가서 자네 스승에게 말하게. 이 반지를 팔 용의가 있다면 내가 최고 금화 쉰여덟 닢까지 주겠노라고.”

“쉰여덟 닢이요?”

젊은이는 자신의 귀를 의심하지 않을 수 없었다.

“그렇다네. 사실 좀더 기다리면 금화 일흔 닢까지도 받을 수 있을 걸세. 자네 스승이 급하게 팔아야 할 사정이 생겼다면 할 수 없지만……”

젊은이는 잔뜩 흥분한 채 스승의 집으로 한달음에 달려와 보석 가게 주인이 한 말을 그대로 전했다.

그러자 스승이 대답했다.

“자네가 바로 이 반지와 같네. 이 세상에 둘도 없는 가치를 지닌 최고의 보석이라고 할 수 있지. 그러나 진정한 프로만이 자네의 가치를 발견할 수 있는 게야. 우리 인간은 모두 이 반지와 마찬가지라네. 인생이라는 거대한 시장에서는 늘 자기 자신을 아끼고, 자기 안에 있는 가치를 끊임없이 표출하려고 노력해야 하네. 그래야만 삶의 길에서 만나는 다양한 사람들이 나의 진정한 가치를 발견할 수 있거든.”

그제야 스승의 뜻을 깨달은 젊은이는 환하게 미소 지었다.

생각이 **꼬리를 물다**

이 세상에 존재하고 살아갈 수 있다는 사실 하나만으로도 당신의 가치는 충분히 입증된 셈이다. 삶은 거대한 시장에 비유할 수 있다. 스스로 자신의 가치를 인정하고 부단히 업그레이드해야 타인도 당신의 가치를 그만큼 인정해줄 것이다.

여객기 한 대가 황량한 사막에 추락해 조난을 당했다. 당시 생존자는 11명이었다. 11명 중에는 대학교수, 가정주부, 공무원, 회사 사장, 장교 외에 피터라는 이름의 바보도 포함되어 있었다.

사막은 한낮이면 기온이 50~60도에 육박했다. 하루빨리 오아시스를 찾지 못하면 목이 말라 죽을지도 모르는 위기 상황이었다. 그들은 오아시스를 찾아 길을 나섰다. 하염없이 걷던 그들은 눈앞에서 녹색의 야자수로 우거진 오아시스를 발견하고 미친 듯이 앞으로 달려갔다. 그런데 오아시스는 무정하게도 계속 뒷걸음질 치더니 어느 순간 사라져버렸다. 사막에서 흔히 발생하는 신기루 현상이었다.

다음 날 오후, 그들은 여러 번 반복되는 신기루에 지쳐 녹초가 되어 쓰러졌다. 단 한 사람, 바보 피터만 빼고 말이다. 그는 초조해하며 사람들에게 물었다.

"이쯤에 물이 있었던 거 아니에요? 왜 아무리 가도 안 보이죠?"

그러자 가정주부가 단념하라며 일러주었다.

"피터, 이제 운명을 받아들여. 우리가 본 건 신기루였을 뿐이야."

그러나 신기루가 무엇인지 피터가 알 리 없었다. 그를 지배하는 건 목이 타들어가는 갈증 때문에 빨리 물을 마시고 싶다는 욕구뿐이었다. 그는 혼자서 앞을 가로막고 있던 50미터 높이의 모래언덕을 막무가내로 올라갔다. 정상에 올라선 그가 갑자기 어린아이처럼 손뼉을 치며 기뻐했다. 그는 허겁지겁 언덕을 내려오더니 흥분해서 소리쳤다.

"물이에요, 물! 바로 건너에 샘이 있다고요."

그러나 아무도 그의 말에 신경 쓰지 않았다. 마음씨 좋은 가정주부마저 듣는 둥 마는 둥 했다.

할 수 없이 피터는 혼자서 다시 모래언덕을 향해 꾸역꾸역 기어오르더니 기어이 언덕 너머로 소리를 지르며 사라졌다.

"쯧쯧, 불쌍한 것. 이제 아주 미쳐버렸나보군."

대학교수가 중얼거렸다.

20분 정도 흘렀을까, 피터가 샘에 막 도착할 즈음 갑자기 모래와 돌멩이가 뒤섞인 광풍이 휘몰아쳤다. 피터는 샘물 안으로 뛰어들었다. 바람은 꼬박 하루 동안 계속 불었고 그칠 기미가 보이지 않았다.

사흘 후 구조대가 도착해 수색 작업을 펼친 결과, 나머지 열 명은 모두 싸늘한 시신으로 발견되었다. 시체 중 일부는 이미 모래 더미에 깊이 파묻혀버린 상태였다. 물가에 있던 바보 피터만이 멀쩡히 살아 있었다. 약간 수척해지긴 했지만 외상 하나 없이 건강했다.

구조대원들은 피터를 조난자들 곁으로 데리고 왔다. 그리고 그들이 왜 물가와 얼마 떨어지지 않은 곳에서 모두 죽었는지 이유를 물었다.

나머지 사람들의 참혹한 죽음을 눈으로 확인한 피터는 울음을 터뜨렸다. 그는 훌쩍거리며 말했다.

"제가 저쪽에 샘이 있다고 했더니 신기루일 뿐이라며 아무도 제 말을 믿으려 하지 않았어요. 저는 신기루가 뭔지도 몰랐어요. 그저 빨리 건너가 물을 마시고 싶다는 생각뿐이었거든요. 그래서 죽어라 하고 언덕을 넘었죠. 정말이에요. 그런데 신기루가 도대체 무슨 뜻인가요? 이분들이 왜 그렇게 신기루를 싫어했는지 모르겠어요. 차라리 목이 타 죽을지언정 신기루의 물은 먹으러 가지 않겠다고 버틴 이유를 전 아직도 모르겠어요."

눈에 눈물이 그렁그렁 맺힌 피터는 답답해 죽겠다는 표정으로 구조대원을 뚫어져라 바라보았다. 그러면서 3일 내내 이 문제 때문에 고민했노라고 덧붙였다. 자초지종을 들은 구조대원들은 뭐라고 설명할 말이 없어 잠자코 있을 수밖에 없었다.

생각이 꼬리를 물다

역경 앞에 선 똑똑한 사람들은 더이상 극복할 수 없는 한계상황에 이르렀음을 직감하면 쉽게 '포기'를 선택한다. 그러나 미련스러운 바보들은 한계상황에 부딪혔다는 사실조차 알지 못하기 때문에 좌절하지 않고 끝까지 노력의 끈을 조인다. 결과적으로 지나친 똑똑함은 오히려 독이 되어 삶을 망칠 수 있는 반면 무지한 사람들의 못 말리는 깡이 의외의 성공을 거두기도 한다. 때에 따라서는 바보 같은 당돌함과 우직함이 최고의 지혜로 통할 수 있다.

1980년대 미국에 앤더슨이라는 패션모델 매니저가 있었다. 그는 싸구려 옷만 걸치고 치장에 별로 공을 들이지 않는 한 여대생을 모델로 점찍어두고 있었다.

이 여대생은 일리노이 주의 한 노동자 집안 출신으로 입술 옆에 있는 커다란 점이 특징이었다. 그녀는 평소 패션잡지를 본다거나 화장을 하는 것과는 거리가 멀었다. 그녀와 유행이나 패션에 관한 이야기를 나누느니 차라리 벽에 대고 이야기하는 게 나을 정도였다.

매년 여름이면 그녀는 다음 학기 학비를 벌기 위해 옥수수밭에서 아르바이트를 하곤 했다. 앤더슨은 옥수수 냄새가 폴폴 나는 그녀를 매니지먼트사에 데리고 다니며 소개를 시켰으나 매번 보기 좋게 거절을 당했다. 너무 촌스럽다는 둥 복이 없게 생겼다는 둥 거절 이유도 가지각색이었다. 무엇보다 유난히 도드라진 입가의 큰 점이 문제였다.

하지만 앤더슨은 그 점을 그녀만의 매력 포인트로 승화시킬 수 있다고 굳게 믿었다.

한번은 그가 음영을 넣어 입가의 점이 살짝 가려지도록 사진을 합성한 뒤 모델 매니지먼트사에 들고 갔다. 사장은 사진을 보더니 바로 실물을 보고 싶다고 했다. 그러나 그녀를 직접 본 사장은 '사진과 실물이 전혀 다르다'며 실망한 기색을 내비쳤다. 그러고는 여대생의 점을 가리키며 대놓고 충고했다.

"입가의 그 점이나 빼고 오게."

사실 레이저 시술을 하면 아픔 없이 간단하게 점을 뺄 수 있었다. 그러나 여대생의 대답은 단호했다.

"됐어요. 이 점은 절대 뺄 수 없습니다."

그녀에게 숨겨져 있는 끼를 확신했던 앤더슨은 그녀에게 단단히 못 박았다.

"절대 그 점을 빼서는 안 돼. 앞으로 인기스타가 되면 사람들은 아마도 그 점 때문에 너를 확실히 기억할 거야."

과연 몇 년 후, 이 여대생은 하루에 3만 달러를 벌어들이는 당대 최고의 인기스타가 되었다. 그녀가 바로 신디 크로포드다. 그녀는 범접할 수 없는 출중한 외모와 매력적인 입술로 수많은 팬들을 사로잡았다. 특히 입술 옆에 난 아름다운 점은 섹시함을 상징하는 매력적인 코드로 자리 잡았다.

언젠가 한 인터뷰에서 신디는 우여곡절 많았던 과거 데뷔 시절, 모든 사람들이 자신을 거부할 때 자신의 점을 개성으로 여겨준 앤더슨을 만난 게 가장 큰 행운이었다고 회고했다. 당시 그녀가 입가의 점을 빼버렸다면 내로라하는 미녀 군단 속에 파묻혀 평범한 모델에 그치고 말았을 것이다. 기껏해야 시시한 광고 몇 편 찍고, 여름방학 때마다 뙤약볕 아래서 옥수수를 따며 학비를 버는 운명에서 벗어나지 못했을지도 모를 일이다.

이 세상에 절대적인 아름다움이나 추함은 없다. 아름다움과 추함은 얼마든지 서로 바뀔 수 있는 것이다. 단 한 가지 분명한 진리는 가장 아름다운 모습은 본연의 모습, 즉 자연스러움에서 나온다는 점이다. 따라서 색안경을 낀 타인의 까다로운 시선에 연연해하지 말고 자신의 개성을 지켜라. 당신 자신이 바로 최고의 아름다움이다.

chapter 02

보다 나은 삶을 원한다면 경쟁을 배워라

세상에 태어난 이상, 그리고 특별한 이변이 없는 한 삶은 꾸준히 지속된다. 하지만 보다 나은 삶을 만들고 싶다면 '경쟁'이라는 게임에 참여하라. 인간에게 생존과 경쟁은 냉정하고 가혹한 것이다. 그러나 삶의 이치를 터득하고, 경쟁하는 방법을 안다면 보다 아름다운 모습으로 세상의 중심에 설 수 있으리라.

가난한 집안에서 태어난 토머스는 열두 살 때부터 직업전선에 뛰어들었다. 그는 나이를 속이고 음료 판매원으로 취직했지만 얼마 후 실제 나이가 들통 나 해고당하고 말았다. 가게에 미성년자를 고용하는 것은 엄연한 불법이었기 때문이다. 토머스의 양아버지는 그 이야기를 듣더니 정색하며 그에게 어깃장을 놓았다.

"어리석은 것, 제 밥그릇 하나 지켜내지 못하다니!"

강한 일침으로 다가왔던 이 말은 그 후로도 계속 토머스의 뇌리를 떠나지 않았다. 잊어버릴 만하면 기억이 떠올라 일에 대한 그의 오기와 열정에 불을 지폈다.

결국 산전수전 다 겪은 토머스는 서른다섯 살 무렵, 사회적으로 안정된 기반을 마련했다. 사업에도 성공해 백만장자라는 수식어가 낯설지 않을 정도의 여유를 누렸다. 요식업에 종사했던 그는 그만의 독특한 스타일로 대중의 입맛을 사로잡아 이윤을 남겼다.

1969년 토머스는 '웬디스Wendy's'라는 고풍스러운 햄버거 레스토랑을 개업했다. 그는 신선한 쇠고기만을 엄선하여 매일 따끈따끈한 햄버거를 만들었다. 미리 구워놓은 다 식어버린 햄버거를 파는 여느 가게와는 달리 그는 손님이 주문을 하면 김이 모락모락 나는 먹음직스러운 햄버거를 오븐에서 바로 꺼내 포장해주었다. 이렇듯 차별화된 전략 덕분에 웬디스 햄버거는 크게 히트했다. 또한 입맛과 취향에 따라 다양한 소스를 골라 먹을 수 있었고, 어린이들만을 위한 특별 햄버거도 선보였다.

결국 토머스는 참신한 경영 방식과 독특한 메뉴 관리로 손님들의 입맛을 사로잡았고, 선풍적인 인기에 힘입어 웬디스 햄버거의 체인점은 전국 각지에 우후죽순으로 생겨났다. 사흘에 하나씩 새 점포가 오픈되자 경쟁업체들은 바짝 긴장했다. 순식간에 토머스의 햄버거 레스토랑은 미국 전역을 뒤덮었고, 해외에까지 발을 뻗었다.

8년 후 그는 1,000여 개의 체인점을 보유하게 되었고, 확장 기세는 수그러들 기미가 보이지 않았다. 그로부터 3년 후 토머스는 2,000번째 체인점 오픈 행사의 리본 커팅식에 참여할 수 있었다.

생각이 꼬리를 물다

사업은 창업에서 발전, 안정기에 접어들 때까지 끊임없는 '움직임'의 과정이다. 안정화 단계에 안착했다고 하더라도 중간에 지체하지 말고 지속적인 발전으로 단단히 뿌리를 내려야 한다. 늘 한결같은 마음으로 진취적이고 개척적인 마인드를 유지하는 것이야말로 사업 성공의 관건이다. 사업이 탄탄대로를 확보하고 있더라도 그것을 '철밥통'으로 영원히 꿰차고 싶다면 스스로 많은 기회를 창출하고 부단히 새로운 분야를 개척해나가야 할 것이다.

여덟 살 때 폭발 사고를 당한 한 남자는 성한 근육이 하나도 남아나지 않을 정도로 두 다리를 심하게 다쳤다. 의사는 고개를 절레절레 저으며 앞으로 평생 걷지 못할 거라고 단언했다.

그러나 그는 눈물을 흘리거나 좌절하지 않았다. 오히려 큰 소리로 스스로를 세뇌시켰다.

"난 무슨 일이 있어도 다시 일어설 거야!"

그는 침상에 누워 지낸 지 두 달 만에 처음으로 침대에서 내려왔다. 부모님이 자리를 비울 때마다, 아버지가 그를 위해 만들어준 목발에 의지해 방 안을 오가는 연습을 수도 없이 했다. 매번 뼈를 깎는 고통이 엄습해왔고, 툭하면 넘어지는 바람에 온몸이 멍과 상처투성이가 되었다. 하지만 그는 육체적 고통 정도에 무너지지 않았다. 다시 일어서서 예전처럼 걷고, 달릴 수 있다는 굳은 신념이 그를 지탱해주었기 때문이다. 몇 달 후 그는 딱딱하게 굳어 있던 두 다리를 서서히 가누기 시작했다. 그는 속으로 쾌재를 불렀다.

'내가 일어섰어! 내가 드디어 일어섰다고!'

그러던 어느 날, 그는 문득 집에서 3킬로미터 정도 떨어진 호숫가를 떠올렸다. 그곳의 푸른 하늘과 맑은 물이 간절히 그리워지자, 그는 더욱 혹독하게 자신을 훈련시켰다. 그로부터 2년 후, 그는 강인한 의지와 초인적인 인내심을 발휘해 결국 그 호수까지 혼자 힘으로 걸어갔다. 그리고 그때부터 달리기 연습을 시작했다. 농장에서 뛰노는 소와 말들을 따라잡으려고 불편한 다리로 달리고 또 달렸다. 수 년 동안 그는 하루도 거르지 않고 꾸준히 연습했다. 아무리 혹독한 더위나 추위도 그의 의지를 꺾어놓지 못했다. 훗날 그의 두 다리는 기적처럼 다시 강해졌다. 그리고 부단한 훈련과 도전을 거쳐 마침내 그는 역사에 길이 남을 육상선수로 성공할 수 있었다.

그가 바로 미국 스포츠 역사의 한 페이지를 장식한 위대한 중거리 육상 영웅 글렌 커닝엄Glenn Cuningham이다.

우리 주변에도 평범하지만 역경을 이겨낸 사람들이 많다. 비록 글렌 커닝엄 같은 유명인사는 아니지만 그들 역시 땀과 눈물을 쏟아내며 빛나는 삶을 일구는 데 최선을 다한다.

후춘샹胡春香은 태어날 때부터 손과 발이 없었다. 손발이 있어야 할 자리는 뭉툭하고 미끈한 살덩어리로 감싸져 있었다. 여덟 살 때 남들과 너무나 다른 자신의 모습을 깨달은 그녀는 차라리 죽는 게 낫겠다고 생각하기도 했다. 하지만 죽는 것도 그리 호락호락하지 않았다. 수차례 자살 시도를 했지만 그것도 매번 실패했다. 그러던 어느 날, "팔

년을 버텼단다. 지난 팔 년이라는 세월 동안 너 하나 키우려고 온갖 고생 마다하지 않고 살았어"라고 말하며 서러운 울음을 쏟는 어머니를 보면서 그녀는 다시 살아야겠다는 마음이 불끈 솟았다.

이제 선택은 악착같이 살아남는 것뿐이었다. 그녀는 젓가락을 집는 연습부터 시작했다. 우선 한쪽 팔을 식탁에 대고 나머지 한쪽 팔로 식탁 위의 젓가락을 밀어서 뭉툭한 팔 끝으로 젓가락을 집었다. 처음에는 젓가락 한 짝으로 시작해 나중에는 두 짝 모두를 집을 수 있게 되었지만, 그 과정에는 살이 물러져 핏자국으로 얼룩지는 고통이 있었다.

아홉 살이 되던 해, 그녀는 드디어 스스로 젓가락을 집어 혼자서도 밥을 먹을 수 있게 되었다.

그 다음은 걷기 훈련이었다. 그녀는 다리를 땅에 곧게 세우고 몸의 균형을 유지하려고 안간힘을 썼다. 지면과 접촉되는 부위에 피멍이 들기도 하고, 상처가 터져서 피고름이 흐르기도 했다. 하지만 그녀는 굳은살이 밸 때까지 넘어지고 일어나기를 반복했다. 피와 땀, 눈물이 얼룩진 연습 끝에 열 살 무렵에는 드디어 스스로 걸을 수 있게 되었다.

그녀는 공부에도 욕심이 생겨서 그해 부모님과 선생님의 도움으로 시골의 작은 초등학교에 들어갔다. 고무를 다리 위에 덧댄 채 비가 오나 눈이 오나 일찌감치 학교로 나섰고, 뭉툭한 팔 끝으로 펜을 집어 글씨를 썼다. 여느 학생들보다 수십 배의 노력이 필요했음은 물론이다. 이렇게 초등학교에서 고등학교까지 졸업하고 독학으로 재무 전문대학 학위도 취득했다.

1988년에는 중국 원난성에 있는 한 공장의 회계 담당으로 파격 채용되었다. 후에 그녀는 부모님의 은혜를 갚기 위해 고향으로 돌아왔고, 집으로 돌아온 후에도 과일 농사를 지으며 제 밥벌이를 했다. 삶에 대한 그녀의 열성과 노력은 식을 줄 몰랐다.

효심이 지극하기로 소문났던 그녀는 마침내 건강하고 자상한 남편을 만나 행복한 가정을 꾸렸다.

생각이 **꼬리를 물다**

천성적으로 주어진 장애든, 현실에서 마주치는 불행이든 인간은 살아가면서 수많은 고난과 시련에 직면하게 마련이다. 그 고난들을 피하지 말고 담담하게 수용하라. 고난 앞에서 무너지지 않고 당당히 맞서기만 하면 얼마든지 성공과 행복을 내 곁으로 끌어올 수 있다.

내 안에 잠들어 있는
능력을 깨워라

낙천적인 성격의 캘리는 행복한 가정을 꾸리며 남부럽지 않게 살고 있었다. 그러나 갑작스런 교통사고로 다리 한쪽을 절단하면서 직장에서 해고되었다. 예고 없이 찾아든 불행으로 그는 집 안에만 처박혀 있어야 하는 신세가 되었다. 심한 좌절감에 휩싸인 캘리는 평생 남에게 짐만 될 것이라는 생각에 아내에게 이혼을 제안했다. 그러나 아내는 오히려 남편을 격려했다. 다리는 없어졌지만 팔은 멀쩡하지 않느냐며 건강한 두 팔로도 충분히 멋진 삶을 살 수 있다고 용기를 주었다.

어느 날 그의 아들이 고장 난 장난감을 가져와 고쳐달라고 했다. 기계를 만지는 데 손재주가 있던 캘리에게 그 정도 일쯤은 식은 죽 먹기였다. 순식간에 장난감을 고쳐주자 아들은 뛸 듯이 기뻐하며 말했다.

"아빠, 최고예요! 이제 장난감이 고장 나면 아빠가 다 고쳐주세요!"

아들의 말을 듣는 순간 문득 캘리의 뇌리를 스치는 아이디어가 있었다. 리모컨으로 조정하는 고급 완구들이 속속 등장했는데, 이들 장난감은 고장이 잦았다. 번듯한 장난감 수리점 하나 없으니 자신이 그 틈새를 뚫어보면 어떨까, 하는 생각이었다. 그는 매일같이 장난감들을 사다가 제품에 자주 생기는 고장 원인을 분석하고 수리 방법을 연구했다. 장난감과 관련된 책들도 섭렵하고 모든 원리와 방법을 터득하여 구조가 복잡한 고급 장난감까지 척척 고쳐내는 실력을 갖추었다. 그는 장난감 수리점을 차리고 '캘리 장난감 응급실'이라는 기발한 이름의 간판을 내걸었다.

개업 첫날부터 꼬마 손님들이 모여들었다. 캘리는 능숙한 손재주로 '잔병치레'를 하는 장난감들을 뚝딱 고쳐주었다. 꼬마들의 입을 통해 그의 가게에 대한 소문이 퍼져나갔고, 자연히 광고 효과도 톡톡히 보았다. 마을에서 '캘리 장난감 응급실'을 모르는 사람은 없었다. 고객들의 발길이 끊이지 않아 1년 동안 캘리가 복구한 장난감만 1,000여 개가 넘었다. 원숭이 인형부터 전동 모터, 게임기, 심지어 노래방 기계까지 그의 손만 거치면 말끔히 제 모습을 되찾았다.

수리비는 장난감의 크기와 가격에 따라 달리 책정되었고, 통상 하루에 500달러 정도를 벌어들였다. 이렇게 해서 캘리는 좌절감에서 벗어나 새로운 삶을 얻었고 경제적으로도 안정을 되찾았다.

생각이 꼬리를 물다

삶을 스포츠에 비교한다면 누구나 각자의 주력 포지션이 있게 마련이다. 내 안에 잠들어 있는 능력을 발견해 정성껏 키워내라. 난관에 직면했다면 더더욱 이러한 능력을 들춰내 장벽을 뛰어넘는 사다리로 삼아라.

유명 작가 린시林夕의 친구 중에 증권투자 사업을 하는 이가 있었다. 매일 세계 각지를 제집처럼 돌아다니는 게 일이라 평소에는 좀처럼 그 친구의 얼굴을 보기가 힘들었다. 그래서 그들은 통상 전화로 연락을 주고받았다.

어느 날 저녁, 이 친구가 린시에게 전화를 걸더니 뜬금없는 질문을 던졌다.

"일 위안으로 네가 언제 죽을지에 관한 정보를 살 수 있다고 한다면, 넌 살래 안 살래?"

린시는 잠시 생각하다가 고개를 흔들었다.

"아니, 사지 않을래."

"왜?"

"내가 언제 죽을지 알고, 그날을 기다리는 것만큼 고통스럽고 끔찍한 일이 또 어디 있겠어? 차라리 미처 무언가를 생각할 겨를도 없이 돌연 찾아오는 죽음이 가장 이상적이라고 생각해.”

그러자 친구는 뜻밖이라는 듯 잠시 침묵하더니 조심스럽게 다시 입을 열었다.

“하지만 난 살 것 같아.”

린시가 호기심 어린 목소리로 물었다.

“이유는?”

“죽음이 갑자기 찾아오면 그동안 하고 싶었던 일, 내가 좋아하는 일들을 미처 해보지도 못하고 무덤 속에 묻히고 말 텐데, 그건 정말 안타까운 일이잖아. 하지만 나도 그날을 너무 일찍 알고 싶지는 않아. 한 열흘 정도만 미리 알 수 있다면 좋겠어.”

“그럼 너는 그 열흘 동안 무슨 일을 하고 싶은데?”

“닷새는 가족들과 함께 보낼 거야. 가족들과 내내 붙어 있으면서 못다 한 시간을 같이 보내고 싶어. 그동안 일에만 치여서 일 년에 집에 들어간 횟수가 손으로 꼽을 정도야. 아내와 아이들에게 마음의 빚이 너무 많지. 항상 사업이 어느 정도 자리가 잡히면 가족끼리 유럽 여행을 다녀오자고 약속하곤 했는데 계속 미루다보니 여태 지키지 못했거든. 나머지 닷새 동안은 나 자신을 위해 투자하고 싶어. 내가 가장 좋아하는 일을 하려고 해. 가령 내가 사랑하는 사람과 꼭 가보고 싶었던 곳에 드라이브를 가는 것도 좋겠지.”

린시는 웃으며 말했다.

“그건 별로 어려운 일이 아니잖아. 어째서 이 순간에 시간을 내지 않는 거지?”

그러자 친구가 한숨을 내쉬었다.

"지금은 너무 바쁘잖아. 도저히 그럴 시간이 없어!"

그러다 친구는 잠시 말을 멈추었다. 갈등하는 그의 마음이 수화기 너머로 전해져왔다. 그러다가 마음을 바꾼 듯 그가 단호하게 말했다.

"마지막 열흘이 남을 때까지 기다리다간 안 되겠어. 빨리 해치워야지."

전화는 어느새 딸각 끊어진 채 신호음만 울리고 있었다.

생각이 꼬리를 물다

우리는 매일 바쁘게 정신없이 살아간다. 뭐가 그리도 바쁠까? 이 질문에 명쾌히 확답을 제시할 수 있는 사람은 그리 많지 않다. 지금 이 순간 간절히 바라면서도 당장 실행에 옮기지 못하고 마음속에만 담아두는 일이 분명 있을 것이다. 스스로에게 중요한 일인데도 바쁘다는 이유로 마음속에 꾹꾹 눌러 담고 있지는 않는가? 죽음에 임박해서야 해야 할 일을 못했다고 후회하는 일은 없길 바란다. 생명과 삶을 소중히 여긴다면 중요한 일은 지금 당장 실천에 옮겨라.

프레드는 평범한 우체부에 불과하지만 일에 대한 그의 열정은 세계를 감동시켰다.

프레드는 작은 시골마을을 오가며 편지를 수거하고 배달했는데, 그 마을에는 마크 샌번이라는 유명한 연설가가 살고 있었다.

샌번은 1년에 160일에서 200일은 외부로 출장을 다녀서 집을 비우기 일쑤였다.

어느 날 프레드는 샌번에게 스케줄 표를 하나 달라고 요청했다.

샌번은 이상하게 여기며 물었다.

"무엇에 쓰려고 그럽니까?"

프레드가 대답했다.

"선생님이 안 계실 때는 제가 우편물을 임시로 보관했다가 돌아오시면 가져다 드리려고요."

샌번은 그의 태도에 흠칫 놀랐다.

세상에 이런 우체부도 있나 싶었다.

"번거롭게 그럴 필요 없소. 우편함에 편지를 놓아두고 가면 내가 돌아와서 꺼내보면 되니까요."

그러자 프레드가 고개를 저었다.

"집 앞 우편함에 우편물을 잔뜩 쌓아두는 것은 좀도둑들을 유혹하는 일이나 다름없어요. 주인이 부재중이라는 의미니까요. 자칫하다간 도둑이 들 수 있습니다."

그는 잠시 뭔가 생각하더니 다시 말을 이었다.

"그러면 이렇게 하시죠. 작은 우편물들은 우편함에 그대로 넣고 뚜껑을 닫아두겠습니다. 선생님께서 안 계시다는 것을 눈치 채지 못하게요. 우편함에 들어가지 않는 큰 우편물들은 현관문 아래로 밀어놓겠습니다. 그곳에도 공간이 없으면 제가 보관했다가 나중에 돌아오셨을 때 전해드리죠."

프레드의 제안은 그를 속속들이 배려한 훌륭한 아이디어임에 틀림없었고, 결국 샌번도 흔쾌히 승낙했다.

보름 후, 출장에서 돌아온 샌번은 출입구의 도어매트가 베란다 옆쪽 구석으로 치워져 있는 것을 발견했다. 자세히 보니 뭔가를 덮고 있는 것 같았다. 실은 샌번이 출장 간 사이 한 택배회사가 그의 소포를 다른 집으로 잘못 배달했는데, 이를 발견한 프레드가 소포를 샌번의 집으로 다시 가져다 놓은 것이었다. 프레드는 이러한 자초지종을 쪽지에 상세히 메모해놓고, 소포를 남들 눈에 띄지 않게 도어매트로 덮어두기까지 했다.

프레드는 서비스가 어떤 것인지를 몸소 보여준 전형적인 프로였다.

아무리 평범한 일이라도 스스로가 의미를 부여하고 열정을 쏟아 부으면 상상할 수 없는 가치를 만들어낼 수 있다. 우리도 내 안의 '프레드'를 깨워 일상에 적용해보자.

생각이 꼬리를 물다

오늘날은 프로 정신이 생명인 시대다. 일에 대한 열정 지수를 최고로 끌어올려라. 열정은 일종의 습관이다. 설령 그 일이 당신에게 거대한 부나 눈에 보이는 이득을 가져다주지 않을지라도 순간순간 최선을 다하라. 그게 바로 진정한 프로의 모습이다. 프로다운 열정이 결핍되어 있다면 당신은 일을 하는 내내 시들해 보일 것이다.

불치병에 걸린 두 사람이 같은 병실에 입원해 있었다. 그중 한 사람은 농촌 출신이고, 나머지 한 사람은 병원이 위치한 도시에서 나고 자랐다. 도시가 고향인 환자에게는 매일 친구와 동료들이 문병을 왔다. 그의 가족들은 병실에 올 때마다 그를 위로했고, 친구들도 하나같이 그에게 힘을 실어주려고 애썼으며, 직장 동료들도 마찬가지였다.

"우리가 알아서 할 테니 걱정하지 말고 치료에만 신경을 쓰렴."

"지금은 아무 생각도 하지 말고 오로지 빨리 나을 생각만 해."

"걱정 마. 회사 일은 우리가 다 손을 써놨어. 자네는 몸조리만 열심히 하면 되네."

반면 농촌에서 올라온 환자는 열서너 살 정도 되어 보이는 남자아이 혼자서 곁을 지키며 간호해주고 있을 뿐이었다. 환자의 아내는 열흘이나 보름에 한 번씩 들러 돈이나 갈아입을 옷을 건네주고 돌아갔다. 아내는 매번 남편에게 시시콜콜 집안 사정을 늘어놓았으며 사소한 일 하나라도 남편에게 의견을 구하고 그에게 결정권을 주었다.

"곧 파종을 해야 하는데 이번에는 어떤 종을 심을까요? 며칠 후 큰 아주버님 생신 때 무슨 선물을 사는 게 좋을까요? 아직 결정을 못 내렸어요. 당신 생각은 어때요?"

몇 달 후, 두 환자에게 극과 극의 변화가 일어났다.

도시 출신 환자는 문턱이 닳도록 찾아오는 가족, 친척, 친구, 동료들에게 '걱정 마라'라는 위로의 말을 수없이 들으면서 무의식적으로 이제 그들에게 자신의 존재가 필요 없어졌다는 생각을 하게 되었다. 그래서 자기 삶의 가치와 의미를 스스로 자꾸만 깎아내렸다. 병마와 싸우려는 의지가 점점 사그라진 그는 결국 병과의 고독한 싸움을 견뎌내지 못한 채 유명을 달리하고 말았다.

그러나 농촌 출신 환자는 의사 결정권을 쥐어주는 아내 덕분에 시간이 갈수록 가족들에게 자신의 존재가 얼마나 소중한지, 자신의 역할이 얼마나 큰지를 새삼 깨달아갔다. 그럴수록 어떻게든 살아야겠다는 의지를 불태웠다. 아무리 작은 보탬을 주더라도 아예 죽어서 사라지는 것보다 나을 거라 생각한 것이다. 결국 삶에 대한 강렬한 욕망과 의지는 그를 기적적으로 살려냈다.

생각이 꼬리를 물다

타인이 당신을 얼마나 필요로 하느냐는 당신의 가치를 가늠할 수 있는 척도다. 주변 사람들이 당신의 빈자리를 감지하지 못한다면, 그래서 있어도 그만 없어도 그만으로 여긴다면 당신의 존재 의미는 희석되고 말 것이다. 당신의 가족과 지인에게 이렇게 말하라. "난 당신이 꼭 필요해"라고.

한 눈먼 노인과 눈먼 어린아이가 서로를 의지하며 살고 있었다. 그들은 바이올린 연주를 하며 생계를 유지했다. 어느 날 노인은 쇠약해진 몸을 가누지 못하고 병으로 몸져누웠다. 그는 자신의 생이 얼마 남지 않았음을 직감하고, 장님 꼬마를 침대 곁으로 불러서 고사리 손을 꼭 잡아당기며 힘겹게 입을 열었다.

"아가야, 여기 삶의 비법이 있다. 이 비법은 네가 다시 빛을 볼 수 있게 해줄 거야. 바이올린 안에 넣어두었단다. 단, 반드시 천 번째로 줄이 끊어진 후에 꺼내보거라. 그 전에 본다면 빛을 볼 수 없을 거야."

아이는 눈물을 훔치며 그러겠다고 약속했고, 노인은 안도하는 표정으로 숨을 거두었다.

시간은 어김없이 흘러갔다. 아이는 사부의 유언을 마음속 깊이 간직한 채 쉼 없이 바이올린 연주를 계속했다. 연주하다 끊어진 바이올린 줄도 하나하나 모으고 있었다. 드디어 천 번째로 줄이 끊어졌을 무렵, 한없이 나약하게만 보였던 장님 아이는 어느새 세상의 풍파를 겪을 대로 다 겪은 나이 지긋한 노인이 되어 있었다. 그는 비법을 꺼내보기 위해 흥분된 마음을 가라앉히고 천천히 바이올린을 열었다.

그러나 그를 대신해 종이를 펴본 사람은 그 종이가 백지일 뿐 아무런 내용이 적혀 있지 않다고 했다. 그러자 그는 종이 위로 눈물을 떨구며 웃음을 지었다.

노인이 그를 속인 게 분명했건만 어찌 된 영문인지 그는 아무것도 없는 백지를 들고 달관의 웃음을 지어 보였다. 그 '비법'을 꺼내는 순간 스승의 깊은 뜻을 깨달았기 때문이다. 어릴 때부터 천 개의 줄이 끊어질 때까지 부지런히 바이올린을 연주해온 지난 세월들이 주마등처럼 지나갔다. 비록 백지에 불과한 종이 한 장이지만 그는 그 안에서 '희망을 품어야 비로소 빛을 볼 수 있다'는 불변의 진리를 깨달을 수 있었다. 그 옛날 노인은 아이에게 '희망'을 선물했던 것이다.

생각이 꼬리를 물다

많은 사람들은 삶이 암담하고 빛이 보이지 않는다고 투덜댄다. 사실 이것은 그들에게 희망이 결여되었기 때문이다. 아무리 힘든 역경 속에서도 희망을 잃지 않으면 언젠가 해사한 빛이 당신 앞에 찾아들 것이다. 그리고 그 빛이 당신의 인생을 영원히 비춰줄 것이다.

중국 어느 마을의 목수 왕씨는 그에게 엄지손가락을 치켜들지 않는 사람이 없을 정도로 뛰어난 손재주를 가진 인물이었다.

칭찬이 자자한 그의 기술은 조상 대대로 이어져온 것이었다. 마을에서 영리하고 똑똑한 남자아이들은 모두 어떻게든 왕씨에게 접근해서 기술을 배워보려고 했지만 소용없었다. 아들을 넷이나 둔 왕씨는 미리부터 아들 중 한 명에게 대대손손 이어져온 기술을 전수하겠다고 마음을 먹은 터였다.

왕 목수의 네 아들 중에서는 넷째가 가장 똑똑하고 학벌도 좋았다. 하지만 문제는 넷째 아들에게는 목수 일을 이어받을 마음이 추호도 없다는 점이었다. 그는 톱으로 나무 켜는 소리만 들어도 온몸에 소름이 돋는다며 고개를 내저었다. 목수 일을 하느니 차라리 죽는 게 낫다고 버틸 정도였다. 그해 여름방학 때 넷째 아들은 왕씨와 한바탕 말다툼을 한 뒤 짐을 싸서 심천으로 떠나버렸다. 아들의 일탈에 분노한 왕 씨는 며칠 동안 통 식사도 제대로 못 했다.

넷째 아들이 가출한 뒤 3년이 흘렀지만, 그 사이 아들은 편지 세 통만 달랑 보냈을 뿐이었다. 첫 번째 편지는 집을 나간 해의 설 명절에 쓴 것이었는데, 심천은 일자리가 많아서 운만 따라준다면 1년 안에 10년간 목수 일을 한 만큼의 돈을 모을 수 있을 거라는 내용이었다. 당시 왕 목수는 편지를 읽고도 모른 체했다. 두 번째 편지는 그 다음 해 설에 보낸 것이었다. 심천이 기회는 많은 반면 자기처럼 시골에서 온 사람들에게는 벽이 높다며 아직도 일용직을 전전하고 있다고 했다. 왕씨는 이번에도 아무런 반응을 보이지 않았다. 이듬해 설날, 세 번째 편지가 날아오자 왕씨는 그때서야 한마디 했다.

"넷째에게 어서 돌아오라고 해라."

열흘 뒤 넷째 아들은 한쪽 다리를 절뚝거리며 고향으로 돌아왔다.

왕 목수는 넷째가 돌아온 후에도 그를 본체만체했다. 무슨 일이 있었는지도 묻지 않았고, 일을 하라고 시키지도 않았다. 그러니 넷째 아들은 매일 먹고 자는 게 일이었다. 아무리 게으른 사람도 무위도식하는 일상이 반복되면 좀이 쑤시게 마련이다. 어느 정도 시간이 흐르자 그는 자발적으로 아버지의 일터로 나가 허드렛일을 돕기 시작했다. 왕씨가 말했다.

"여기 있으면 방해만 되니 가서 마당에 쌓인 폐품이나 팔아오너라."

넷째는 신나게 트랙터를 몰고 시장에 나가 폐품을 팔고 100위안을 벌어왔다. 며칠 뒤에는 왕씨가 만든 옷장 몇 개를 1,000위안에 팔아오기도 했다. 또 며칠이 지나자 왕씨는 그에게 병풍 세트를 팔아오라고 지시했다. 그러자 이번에는 10,000위안을 받아냈다. 넷째가 집에 돌아

와 기쁨을 주체하지 못하고 의기양양하게 돈을 건네자 왕씨가 입을
열었다.

"저기 쌓인 나무들과 똑같은 이치다. 그냥 나무토막일 때는 겨우 백
위안을 받을 수 있을 뿐이지만, 옷장으로 탄생하니 천 위안으로 가치
가 오르지 않았느냐? 병풍이 되니 어떠니? 그 가치가 만 위안으로 껑
충 뛰어올랐다. 자, 이제 한번 말해보렴. 가장 가치 있는 것이 무엇인
지. 그건 다름 아닌 기술이란다."

왕씨는 이 말을 하는 동안 잠시도 일에서 손을 떼지 않았고 일하는
데만 시선을 고정시키고 있었다. 그 순간 넷째 아들은 아버지의 의중
을 헤아렸고, 그 뒤로 착실하게 목공 기술을 연마했다.

훗날 그는 그 마을에서 절름발이 목수 하면 '신의 손'으로 통할 만큼
유명한 장인이 되었다.

생각이 꼬리를 물다

부를 창출하는 방법은 다양하다. 하지만 모든 방식이 자기한테 들어맞을 수는 없다. 남들
이 효과를 본 공식이라도 당신의 삶에 적용하면 오류 메세지가 뜰 수도 있다. 남들이 다
성공한 방법이라고 해서 당신에게도 똑같이 부의 기회를 제공하는 것은 아니다. 그러나
절대 변하지 않은 유일한 생존 법칙이 있으니 바로 자신만의 특별한 기술을 익혀두는 것
이다. 남들과 차별된 자신만의 전문성을 키우면 더 나은 발전의 여지를 가질 수 있다.

주즈청과 아광은 어느 회사의 인사팀장 채용에 함께 응시했다. 이 회사 사장은 겉으로 드러나는 실력이 거의 막상막하인 두 사람 중 누구를 뽑을지 고심하고 있었다. 그러다 결국 두 사람의 현장 능력을 3일 동안 비교해본 뒤 다시 최종 선발하기로 했다.

첫날, 사장은 그들에게 채용박람회에 가서 인사 담당자를 채용해오라는 과제를 제시했다. 둘 중에 먼저 임무를 완성하는 사람이 최종 선발자가 되는 것이었다.

주즈청은 수많은 구직자들을 상대로 면접을 실시했다. 하지만 대부분 학력이 너무 낮거나 학력이 좀 된다 싶으면 능력 미달인 사람들뿐이었다. 급하다고 아무나 채용할 수는 없다는 것이 그의 신조였기에 결국 그는 아무도 뽑지 않고 돌아갔다. 반면 아광은 쉽게 적격자를 채용해 왔는데, 주즈청을 더욱 놀라게 한 것은 그 채용자가 자신이 면접에서 탈락시킨 사람이었다는 점이다.

어리둥절해진 주즈청은 평범한 사람을 뽑은 이유를 아광에게 물었다. 아광은 회심의 미소를 지으며 능청스럽게 대답했다.

"내가 채용한 사람이 나보다 실력이 좋다면 회사 입장에서는 좋겠지만 개인적인 입장에서 볼 때는 위협이 되지 않겠나? 그자가 내 역할을 대신하거나, 심지어 나를 앞서려고 할 테니 말일세. 하지만 나보다 좀 떨어지는 사람을 뽑으면 안심하고 직장 생활을 할 수 있겠지."

아광의 말을 들은 주즈청은 그의 치밀함에 경탄하며 속으로 이번 경합에서는 자신이 졌다고 체념했다.

회사로 돌아온 후 아광은 그가 채용한 사람을 사장에게 당당하게 소개시켰다. 반면 주즈청은 기어들어 가는 목소리로 적임자가 없어 그냥 돌아왔노라고 해명했다.

그러나 결과는 예상 밖이었다. 사장이 주즈청을 최종 합격자로 지명한 것이었다. 더불어 아광과 그가 채용한 자는 자연스럽게 탈락되었다.

출근 첫날, 사장은 특별 제작된 헝겊 인형을 주즈청 앞에 내려놓으며 말했다.

"그것을 한번 열어보게."

궁금해진 그가 인형을 열자 안에 작은 인형이 하나 더 있었다. 그 인형을 열어보니 더 작은 인형이 또 들어 있었다. 이렇게 계속 열다보니 마지막으로 가장 작은 인형의 배 속에는 사장이 직접 적은 쪽지가 한 장 들어 있었다.

"인사 책임자로서 항상 자기보다 못한 자를 직원으로 채용한다면 회사는 이 헝겊 인형처럼 갈수록 작아져서 볼품없는 '난쟁이' 기업이 될 것이네. 하지만 항상 자기보다 더 역량 있는 직원들을 발굴해서 채용한다면 회사는 급속도로 발전해나갈 수 있다네."

그제야 주즈청은 머리를 굴린 아광이 왜 탈락되었는지를 알 것 같았다.

그가 아광 대신에 회사의 인사 책임자로 발탁된 결정적인 이유는 이익의 본질을 정확히 직시하는 올곧은 사고방식 때문이었다.

생각이 **꼬리를 물다**

이익에 대한 정확한 가치관을 수립해야 한다. 무슨 일이든 장기적인 눈으로 나무가 아닌 숲 전체를 바라보라. 개인의 이익이 전체의 이익을 앞질러서는 안 된다. 내 이익만을 챙기고, 모든 문제를 사리사욕에 근거하여 해결하려고 하지 마라. 그러면 이익을 얻기는커녕 기존에 쌓아두었던 이익의 공든 탑마저 처참히 무너지게 될 것이다.

성적이 오르지 않아 고민하는 아이가 있었다. 자기 짝은 늘 시험만 보면 1등은 떼어놓은 당상인데, 자신은 왜 아무리 노력해도 반에서 20등밖에 못하는지 알 수가 없었다.

어느 날 아이는 집에 돌아와 엄마에게 물었다.

"엄마, 혹시 제가 다른 애들보다 멍청한 건 아닐까요? 전 제 짝처럼 선생님 말씀도 잘 듣고, 숙제도 똑같이 열심히 하는데 왜 항상 그 애보다 못하죠?"

엄마는 아이의 말을 잠자코 들으면서 어느새 자신의 아이에게도 자존심이 생기고 있음을 느꼈다. 그 자존심이 시험 등수 때문에 상처받고 있었던 것이다. 그녀는 무슨 대답을 해야 좋을지 몰라 아무 말 없이 그저 아이를 묵묵히 바라보기만 했다.

그 다음 시험에서 아이는 17등을 했고, 짝은 역시 1등을 차지했다.

집에 돌아온 아이는 이번에도 같은 질문을 했다. 엄마는 사람마다 지능에는 개인차가 있게 마련이고 매번 1등을 하는 아이는 머리가 다른 사람보다 월등히 뛰어나기 때문이라고 말해주고 싶었다. 그러나 그건 아이가 진정으로 원하는 대답이 아닌 것 같아 이번에도 그냥 말없이 넘어갔다.

아이의 질문에 어떻게 대답해야 할까? 엄마는 다른 부모님들이 마치 공식처럼 읊어대는 이유들, 이를테면 너무 놀기 좋아해서라든가, 노력이 아직 부족해서라든가 등등의 이유를 대며 대충 발뺌하고 싶었다. 그러나 그녀는 그런 방법으로 아이의 마음에 못을 박고 싶지 않았다. 그래서 아이의 고민에 마침표를 찍어줄 적절하고 완벽한 답변을 찾느라 고심했다.

어느덧 아이는 초등학교를 졸업했다. 꾸준히 노력하고 애를 썼지만 여전히 짝의 등수를 따라잡지는 못했다. 그러나 예전에 비해 성적은 뚜렷한 상승곡선을 타고 있었다.

엄마는 나날이 실력이 향상되는 아이를 칭찬하기 위해 한번은 그를 데리고 바닷가를 찾아갔다. 이번 여행에서 엄마는 아이의 고민에 답변을 해주기로 했다. 그들 모자는 바다 쪽을 바라보며 모래밭에 나란히 앉았다. 엄마는 앞쪽을 가리키며 아이에게 넌지시 말을 건넸다.

"저기 먹이를 찾는 바닷새들이 보이니? 날렵한 피리새들은 날갯짓 한두 번만으로 빠르게 하늘로 비상할 수 있어. 하지만 저 갈매기들은 좀 둔해서 물가에서 하늘로 날아오르는 데 한참이 걸린단다. 하지만 진정 저 드넓은 바다를 유영하며 활보하는 것은 갈매기들이야."

훗날 아이는 중국 최고의 명문인 칭화대학에 수석으로 입학했다.

그는 겨울방학 때 모교의 초청으로 친구, 후배들과 학부모들 앞에서 수석 비결에 대한 강연을 했다. 청중석에는 그 모습을 흐뭇하게 지켜보며 눈시울을 적시는 그의 어머니도 앉아 있었다.

근면함은 부족함을 채울 수 있는 최상의 대안이다. 천재는 노력으로 만들어진다. 지금 남들보다 조금 뒤처지고 조금 미련해도 괜찮다. 꾸준히 노력하면 그 간격을 좁힐 수 있다. 매일 조금씩 진보하다보면 언젠가 당신도 힘찬 날갯짓으로 바다를 활보하는 갈매기가 될 수 있다.

중국 어느 현의 민정국 직원들이 빈곤농촌 지원정책의 일환으로 현 내에서 가장 가난하다는 마을을 방문했다. 촌장은 그들을 마을의 한 노부인의 집으로 데려갔다. 촌장의 소개에 따르면 일흔 살이 넘은 이 부인은 원래 아들이 둘 있었는데, 큰아들은 전쟁에 나가 전사했다고 했다. 게다가 정신박약아로 태어난 작은아들은 백치인 여인과 결혼하여 마찬가지로 1남 1녀를 두었는데, 설상가상으로 아이들 역시 저능아였다. 결국 온 가족의 생계가 전적으로 노부인 손에 달린 상황이었다.

그녀의 집에 도착한 일행은 경악을 금치 못했다. 집은 세 개의 토굴로 되어 있어서 하나는 방으로, 하나는 부엌으로, 또 하나는 돼지와 양을 키우는 축사로 쓰고 있었는데 앞뜰에 낙엽 한 잎 떨어져 있지 않을 정도로 말끔하게 청소되어 있었다. 촌장은 이 노부인의 성격이 워낙 깔끔하다며 언제 와도 그렇다고 덧붙였다. 또 어찌나 완강한지 예전에도 정부의 지원을 받을 기회가 몇 번 있었지만 번번이 손사래를 쳤다고 했다. 이번에도 그녀는 고집스럽게 이야기했다.

"우리 집 식솔들이 먹고 입는 것은 내가 알아서 할 수 있다오. 뭐 하러 나라에 손을 벌린단 말이오?"

민정국장이 물었다.

"할머니, 이제 곧 해가 바뀌는데, 명절 음식들은 다 마련하셨어요?"

노부인이 당연하다는 듯 대답했다.

"그럼 하다마다. 다 준비해놨지."

민정국장이 재차 물었다.

"어떤 것들을 준비하셨는데요?"

"지금 집에 국수 두 그릇이 있고, 고기도 반 근 사놨어. 또 계란도 세 개 있는데 안 팔고 두었다가 새해에 먹으려고 한다네. 손자들한테는 폭죽 한 상자씩 사줬지. 이 정도면 충분히 준비된 것 아니겠나? 괜히 걱정할 것 없다오. 설 때는 고기만두도 만들어 먹을 생각이야."

함께 있던 사람들은 노부인의 말에 눈시울이 뜨거워졌다.

민정국장은 정부를 대신해 돈과 양식을 좀 가져왔으니 많지는 않더라도 성의라 생각해서 받으라고 설득했다. 하지만 노부인은 극구 사양했다.

"아니, 그럴 필요 없어. 아직 살 만하다니까. 우리 집엔 먹을 것 말고도 가진 돈이 조금 있다오. 정말이야. 그러니 도움은 필요없네."

민정국장도 물러서지 않고 돈이 있으면 보여달라고 했다. 그러자 노부인은 성큼성큼 방 안에 있는 궤짝 근처로 가더니 그 안에서 보따리 한 뭉치를 꺼냈다. 보따리 안에는 전대가 들어 있었는데, 몇 겹으로 꽁꽁 묶어둔 전대를 풀어헤치자 와르르 소리를 내며 동전이 쏟아졌다. 얼마 안 되는 동전이 떨어진 끝에 지폐 한두 장이 나풀거리며 내려앉았다. 다 합쳐봐야 겨우 10위안이 될까 말까 했다. 그럼에도 노부인의 표정은 보란 듯이 당당하고 밝았다.

"여기, 돈 보이지? 자, 어서들 돌아가게. 그 돈으로 나보다 더 어려운 사람들을 도와주게."

그 뒤로 사람들이 노부인에게 돈을 걷어서 주려고 했지만 노부인은 한사코 대쪽 같은 마음을 굽히려 하지 않았다.

"난 항상 내 자식과 손자들에게 남한테 기대지 말고 자기 일은 자기가 알아서 하라고 가르쳐. 그리고 여력이 되면 남들에게 도움을 주며 살아야 하는 거라고 말이지."

생각이 꼬리를 물다

정면으로 덮쳐오는 고난 앞에 자존심을 잃고 무너지는 사람은 결국 고통의 노예로 전락하고 만다. 반면 아무리 힘들어도 자신의 존엄성을 꼿꼿이 유지하고 고난에 굴복하지 않는 사람들이 있다. 이들은 고통을 자신의 노예로 만든 경우다. 삶의 고통이 놓아둔 올가미에 굴복하지 않는 자들이야말로 진정한 인생의 승리자다.

중국 작가 가오한우高漢武가 졸업 20주년을 맞아 열린 동창회에 참석했다. 동창들 중에는 성공해서 잘나가는 친구도 있었고, 상황이 어려워진 친구도 있었고, 늘 제자리걸음인 친구도 있었다.

동창회 날 그들은 따로 차를 마련해 시골에 살고 계신 담임선생님을 모셔왔다. 이미 고희를 넘긴 선생님은 백발이 성성한 데다 손발을 제대로 가누지 못해 거동이 매우 불편했다.

동창들은 모임 장소를 예전 교실 분위기가 물씬 나도록 꾸미고, 20년 전과 똑같이 자리를 배치해 앉았다. 교단을 본뜬 공간에는 선생님을 위한 특별석을 마련했다.

동창들은 선생님의 가르침에 대해 앞 다투어 감사를 표했다. 담임선생님은 학생들의 감사 인사를 듣고도 잠자코 있더니 끝날 때가 되자 자리에서 일어나면서 입을 뗐다.

"자, 숙제 검사를 하겠어요. 졸업하기 전 마지막 수업 시간을 기억하는 사람 있나?"

졸업을 앞둔 그들이 마지막 수업을 하던 날은 유난히 하늘이 쾌청했다. 담임선생님은 학생들을 모두 운동장으로 데리고 나가 말했다.

"이것이 우리의 마지막 수업이구나. 선생님이 숙제 하나를 내주마. 이 숙제는 생각하기에 따라서 쉬울 수도, 어려울 수도 있단다. 지금부터 이 운동장을 두 바퀴씩 돌고 난 다음 달린 시간, 속도, 그리고 달리고 난 후의 느낌을 기록해두도록 하거라."

말을 마친 후 선생님은 교실로 들어가 버렸다.

20년이 지난 지금, 선생님은 그날의 기억을 들춰내며 말했다.

"난 그날 교실로 돌아간 뒤 복도 한편에 서서 여러분들을 지켜보고 있었지. 이십 년 세월이 흐른 오늘, 그 숙제에 대한 평가를 할까 하네. 그때 두 바퀴를 다 뛴 사람은 네 명이었고, 모두들 십오 분 이십 초 내에 완주했어. 한 사람은 다리를 다쳤고, 한 사람은 너무 빨리 달리다가 넘어졌었지. 그리고 열다섯 명은 한 바퀴를 달리고 난 후 흥미가 떨어졌는지 아예 관두고 그늘에 앉아 노닥거리고 있었고, 나머지는 아예 시작도 하지 않았단다."

동창들은 선생님의 또렷한 기억력에 경탄하면서 박수를 쳤다.

박수 소리가 잦아들자 선생님은 계속 말을 이었다.

"내 칠십 년 인생 경험을 거울 삼아 여러분들의 과제에 대한 평을 네 가지 정도로 압축해보지. 첫째, 성공은 준비된 자에게만 찾아간다. 둘째, 주변의 작은 버섯을 줍지 않는 자는 큰 버섯을 주울 수 없다. 셋째, 빨리 달리려면 안정감을 유지해야 한다. 넷째, 비록 시작했더라도 자칫 끝이 흐지부지될 수 있다. 자네들은 이제 겨우 서른여섯 살의 중년으로 접어들었을 뿐이야. 아직은 선생님에게 감사할 때가 아니네.
인생은 예고편이 없거든. 아직도 여러분의 인생에는 풀어야 할 숙제
들이 산적해 있다는 걸 명심하게.”

순간 교실은 정적에 휩싸였다.

생각이 꼬리를 물다

인생은 마라톤 경주와 같아서 너무 빨리 달리면 후반에 가서 뒷심을 발휘하지 못하고, 반
대로 너무 느리게 달리면 무리에서 뒤처지게 된다. 또 중간에 이탈하면 과거의 노력이 모
두 허사가 되어버리며, 애초에 참가하지 않으면 승리의 희열이나 목표 달성의 뿌듯함을
맛볼 기회를 영영 만들지 못한다. 이 마라톤 경주에서 가장 이상적인 자세는 빠른 스피드
와 안정감을 동시에 유지하는 것이다.

chapter 03

실패를 밟고
성공으로 올라서라

실패를 겪지 않은 성공은 유효기간이 짧으며, 성공한 당사자도 진정한 흥분과 희열을 누릴 수 없다. 성공은 누구에게나 쉽게 열리는 문이 아니다. 성공한 사람들의 공통점은 수없이 넘어지면서도, 그 실패를 디딤돌 삼아 다시 성공을 향해 걸음을 옮긴다는 것이다.

1899년 아인슈타인이 스위스 취리히 국립공과대학을 다니던 시절, 그의 지도교수는 수학자 민코프스키였다.

아인슈타인은 사색하는 것을 좋아하여 스승인 민코프스키의 총애를 받았다. 스승과 제자는 평소 틈이 나면 과학, 철학, 삶의 문제에 대해 논하곤 했다.

한번은 아인슈타인이 궁금한 점이 있어 민코프스키에게 물었다.

"어떻게 하면 과학계에서, 혹은 제 인생의 길에서 빛나는 발자취를 남길 수 있을까요?"

그 순간 민코프스키는 아인슈타인의 질문에 말문이 막혔다. 사흘 후 그는 아인슈타인을 불러 흥분된 어조로 말했다.

"자네가 그날 한 질문에 대한 답을 찾아냈네."

"답이 무엇입니까? 어서 말씀해주십시오."

아인슈타인은 간절한 눈빛으로 스승의 팔을 붙잡았다.

민코프스키는 아인슈타인을 어느 건설 현장으로 데리고 가더니 인부들이 막 발라놓은 시멘트 바닥을 밟았다. 공사장 인부들의 고함 속에서 아인슈타인은 문제의 실마리를 찾기는커녕 더욱 막막하게만 느껴졌다.

"선생님, 혹시 엉뚱한 길로 들어오신 것 아닙니까?"

"그래, 맞네. 잘못된 길이야!"

민코프스키는 인부들의 비난은 아랑곳하지 않은 채 말했다.

"봤지? 이렇게 '잘못된 길'만이 족적을 남길 수 있는 거야."

그는 이어서 상세히 설명했다.

"아직 단단하게 굳지 않은 땅, 즉 새로운 분야로 가야만 깊은 발자국을 남길 수 있다네. 이미 단단하게 굳은 땅, 그러니까 많은 사람들이 수없이 거쳐갔던 곳에는 발자국이 찍히지 않지……."

잠자코 듣고 있던 아인슈타인은 그제야 머리가 환해지는 듯했다.

"선생님, 이제 말씀하신 뜻을 알겠어요."

이 일을 계기로 아인슈타인은 새로운 분야를 연구하는 데 힘을 쏟기 시작했다. 그는 이런 말을 한 적이 있다.

"나는 한 번도 사전이나 매뉴얼에 있는 것들을 기억하려고도, 연구하려고도 하지 않았다. 내 머리는 아직 책에 올라가지 않은 것들을 사고하는 데에만 쓰인다."

그 후 학교를 졸업한 아인슈타인은 베른 특허국의 말단 직원으로 근무하며 여가 시간을 활용해 과학 연구에 몰입했다. 그는 물리학계에서 아직 미개척지로 남아 있던 세 개의 분야를 집중 공략해 뉴턴의 역학에 대담하게 도전장을 내밀었다. 26세 때 특수상대성이론을 제시

한 그는 물리학의 신기원을 엶으로써 인류에 위대한 공을 세웠고, 바
라던 대로 과학사에 빛나는 발자취를 남겼다.

확실한 성공을 원한다면 틀을 깨는 과감함과 미지의 분야를 열고자 하는 개척 정신이 있
어야 한다. 기존의 레이더망에 포착되지 않았던 분야를 발굴하라. 무수한 사람들의 손길
이 닿은 미끈한 포장도로에서는 당신의 발자국을 남기기 힘들다. 남들이 가지 않은 길을
골라 먼저 길을 내라. 그래야만 당신이 선택한 그곳에서 위대한 개척자로 남을 수 있다.

1968년 봄, 로버트 슐러Robert Schuller 목사는 캘리포니아에 건물 외벽 전체를 유리로 장식한 교회를 짓기로 결심했다.

그는 유명한 건축 디자이너 필립 존슨Philip Johnson에게 자신의 구상을 설명했다.

"단순하고 평범한 교회는 원치 않소. 인간세계 속에 존재하는 에덴동산을 만들고 싶소."

존슨이 예산을 어느 정도로 잡고 있는지 묻자, 슐러는 단호하고 명쾌하게 대답했다.

"지금 나에게는 한 푼도 없소. 하지만 예산이 백만 달러가 들든, 사백만 달러가 들든 별로 중요하지 않소. 이 교회를 지을 돈은 다른 사람들의 주머니 속에 있으니까. 중요한 것은 이 교회가 많은 이들의 재정 지원을 받을 수 있을 정도로 충분한 매력을 지녀야 한다는 것이오."

교회를 짓는 데 필요한 최종 예산은 700만 달러로 책정되었다. 당시 슐러에게 700만 달러란 능력 밖의 어마어마한 액수였다.

그날 저녁 슐러 목사는 백지 한 장을 꺼내놓고, 맨 위에 '700만 달러'라고 쓴 후 그 아래로 단숨에 열 줄을 적어 내려갔다.

1. 700만 달러의 기부금 1건

2. 100만 달러의 기부금 7건

3. 50만 달러의 기부금 14건

4. 25만 달러의 기부금 28건

5. 10만 달러의 기부금 70건

6. 7만 달러의 기부금 100건

7. 5만 달러의 기부금 140건

8. 2만 5천 달러의 기부금 280건

9. 1만 달러의 기부금 700건

10. 창유리 10,000짝 판매, 한 짝당 700달러

두 달 후, 슐러 목사는 수정으로 장식된 독특한 외관의 교회 모델에 반했다는 부자 상인 존 콜린스로부터 100만 달러를 지원받았다.

두 달하고도 일주일이 지나자 슐러 목사의 설교를 들었던 한 농민 부부가 1,000달러를 기부했다.

석 달째 되는 날에는 슐러의 한결같은 의지에 감동받았다는 낯선 이가 100만 달러에 상당하는 은행수표를 보내왔다.

8개월 후 또 한 사람이 슐러에게 기부 의사를 전해왔다.

"당신의 성의와 노력에 감탄했습니다. 저도 백만 달러를 보태드리

지요."

　이듬해, 슐러 목사는 미국인들에게 이 교회의 외관에 붙일 판유리를 한 짝당 500달러의 가격에 팔겠다는 공고를 내걸었다. 돈은 매달 50달러씩 10개월에 나누어서 지불해도 좋다는 조건이었다. 이렇게 해서 단 6개월 내에 1만여 개에 달하는 교회의 판유리가 전부 팔렸다.

　1980년 9월, 12년 만에 1만여 명을 수용할 수 있는 일명 수정교회가 세간에 화려한 모습을 드러냈다. 세계 건축사의 경이로운 기적으로 불리는 이 교회는 캘리포니아를 찾은 사람이라면 누구나 한 번쯤 거쳐 가는 관광 명소가 되었다.

　수정교회를 짓는 데는 총 2,000만 달러가 들었다고 한다. 더욱 놀라운 것은 이 돈의 전액이 슐러 목사가 발품을 팔며 조금씩 기부받은 돈으로 충당되었다는 점이다.

생각이 꼬리를 물다

행동은 가장 아름다운 맹세라는 말이 있다. 그러나 행동에는 이를 지탱해줄 내면의 동기가 필요하다. 여기서 말하는 내면의 동기가 바로 자신감이다. 어려움에 직면하더라도 확고한 믿음과 자신감을 잃지 말고, 여기에 적극적인 행동을 가미하라. 그러면 마음속에 품었던 꿈이 현실로 이루어질 것이다.

19세기 프랑스의 조각가 오귀스트 로댕Auguste Rodin은 서양 근대 조각사에서 과거와 현대를 잇는 다리 역할을 했던 미술계의 거장이다. 세계적으로 유명한 그의 작품 <생각하는 사람>은 현대미술을 대표하는 최고의 조각품으로 손꼽힌다.

로댕은 파리의 한 공무원 가정에서 태어났다. 그의 아버지는 로댕이 전문 기술을 익혀 안정적으로 생활하기를 바랐다. 그러나 로댕 본인은 어려서부터 미술에 심취해 아버지의 충고는 귓등으로 흘릴 뿐이었다. 화난 아버지는 로댕의 그림을 찢어버리고 연필을 난로에 던져버렸다. 하지만 그의 관심사는 오로지 그림뿐이었다. 학교생활도 순탄치 못해 꼴찌를 도맡아 했다. 심지어 수업시간 내내 그림만 그리는 그를 보다 못한 선생님이 회초리로 세차게 그의 손을 후려치는 바람에 일주일 동안 연필을 쥐지 못했던 적도 있었다. 다행히 그는 누나의 도움으로 공예미술학교에 진학했고, 회화와 조각의 기초 이론을 공부하며 조각가의 꿈을 키워나갔다. 당시 그에게는 조각이 삶의 전부이자 사명이었다.

그 후 로댕은 명문 국립미술전문학교에 진학하기 위해 시험을 쳤으나 작품이 시험관의 취향에 맞지 않는다는 이유로 연거푸 세 번이나 미끄러졌다. 좌절한 로댕은 더이상 정부가 운영하는 예술학교에 원서를 내지 않겠다고 결심했다. 게다가 얼마 후 재정적으로 도움을 주던 누나가 병으로 세상을 뜨면서 미술에 대한 그의 꿈도 좌초되는 듯했다. 그는 주체할 수 없는 절망의 나락으로 빠져들어 갔고, 결국 수도원에 숨어들고 말았다. 그러나 다행히 수도원장의 격려에 힘입어 예술을 하겠다는 의지를 다시 불태우며 반년 만에 수도원을 나왔다.

로댕이 자신감을 잃어갈 때마다 공예미술학교의 스승이었던 르콕이 한결같은 정신적 지주가 되어주었다. 로댕은 그의 모델이자 연인이었던 마리 로즈 뵈레를 만나면서부터 창작 인생에 꽃을 피우기 시작했다.

초기 작품 <코가 부러진 사나이>를 살롱에 출품했으나 그에게 돌아오는 건 냉랭하고 싸늘한 비난 세례뿐이었다. 그럼에도 그는 불철주야 조각 작업에만 매달렸다. 한동안 그는 벨기에에서 조각가 반 라스부르Van Rasbourg와 동업으로 건축 장식조각 일을 하면서 경제적으로 안정을 되찾았다. 그는 이때 모은 돈으로 로마와 피렌체 등지를 여행다니며 각 시대별 대가들의 작품을 연구했다. 로댕은 당시 이탈리아 여행을 통해 예술적으로 한층 성숙해졌다.

그 후 브뤼셀로 돌아온 그는 <청동시대>를 제작하는 데 공을 들였다. 하지만 조각의 묘사가 섬뜩하리만치 사실적이라는 이유로 출품 당시 사람의 시체에다 직접 본을 떠서 만들었다는 의심을 샀다. 로댕이 백방으로 뛰어다니며 해명하고, 장기간의 정부 조사를 거치고 나서야 틀림없는 로댕의 창작품임이 인정되었다. 이렇게 해프닝이 일단락되면서 로댕의 인기와 몸값은 서서히 상승하기 시작했다.

그 후 로댕은 벨기에에서 다시 프랑스로 돌아왔다. 그때는 프랑스 상류사회의 일각에서 그의 작품세계를 인정하는 분위기가 조성되고 있었다. 1880년, 프랑스 정부는 새로 짓는 장식미술관 출입문의 디자인을 로댕에게 의뢰했다. 로댕은 이탈리아 시인 단테의 『신곡』에 나오는 「지옥편」에서 영감을 얻어 <지옥의 문>이라는 방대한 스케일의 작품을 구상했다. 이 작품은 로댕이 전생을 걸고 20여 년 동안 매달렸지만 결국은 정식으로 마무리 짓지 못했다. 하지만 작품 아이디어의 일부는 다른 작품 속에 또 다른 모습으로 반영되어 있다.

1891년, 로댕은 프랑스문학협회의 의뢰를 받아 만든 발자크 기념상 때문에 또다시 구설수에 휘말렸다. 일부 문필가들이 작품의 표현이 너무 거칠고 경박하다며 펄쩍 뛴 것이다. 그도 그럴 것이 로댕이 형상화한 발자크는 넝마를 걸친 초라한 취객의 모습으로 표현되어 있었다. 충격을 받은 문학협회는 정색을 하며 작품의 인수를 거절했다.

그러나 1900년, 파리 만국박람회에서 로댕의 작품 171점이 특별 전시되었고, 이곳에서 그의 실력과 명성이 보란 듯이 입증되었다. 수천 명에 달하는 관람객들이 <지옥의 문>, <발자크>, <빅토르 위고> 등의 작품을 감상하기 위해 몰려들었고, 세계 각지에서 온 예술가와 유명 인사들의 감탄이 이어졌다. 이로써 로댕은 프랑스를 넘어서 전 세계적으로 명성을 떨치게 되었다. 각국의 박물관들도 앞 다투어 그의 작품을 사들이면서, 한때 로댕 작품 구매 열풍이 불기도 했다. 우여곡절 끝에 로댕은 성공적인 예술가로 거듭났다.

1904년, 로댕은 런던의 국제미술학협회 회장으로 초빙됨으로써 예술인으로서 최고의 명예를 획득하고, 삶의 정점을 향해 치달아갔다.

화려한 타이틀 앞에서도 로댕은 멈추지 않았다. 그의 유일한 생명은 조각이었다. 그는 사람의 실물 두 배 크기로 <생각하는 사람>을 조각하기 시작했다. 고뇌와 사색에 빠진 인간이 선과 악의 유혹으로 내면의 갈등을 겪는 모습을 생생하게 담아냈다. 이 조각 작품에는 그의 지치지 않는 예술혼이 서려 있다.

생각이 꼬리를 물다

사명감은 인간이 스스로에게 부여하는 일종의 책임감이다. 사명감이 투철한 사람들은 내면에 강인한 의지가 잠재되어 있다. 그들은 연속적으로 닥쳐오는 좌절 속에서도 잠재된 의지력을 강하게 단련시켜 자신을 더욱 성실하고 용감하며, 과감하게 틀을 깰 줄 아는 사람으로 다져나간다.

미국인 게일 보든Gail Borden은 젊은 시절 발명에 남다른 재주가 있었다. 한번은 그가 수분을 뺀 건조육을 개발한 적이 있었다. 그러나 별다른 주목을 받지 못해, 본전을 찾기는커녕 오히려 경제적으로 큰 타격을 입었다. 처음으로 실패의 아픔을 겪은 그는 재기를 꿈꾸며 2년 동안 숱한 실험과 시행착오를 반복했다. 고생 끝에 마침내 연유제품을 발명해냈고, 이를 시장에 출시하기로 결정했다. 이를 위해 보든이 가장 먼저 할 일은 특허권을 따내는 것이었다.

보든이 개발한 연유는 진공상태에서 신선한 생우유의 수분을 증발시켜 농축액 형태로 만든 것이었다. 그러나 연유 제조법에 대한 특허권을 신청하러 갔을 때, 보든은 독창성이 부족하다는 냉랭한 대답을 들어야 했다. 특허국 직원은 이미 비준된 특허 건 중에 '탈수 우유'와 관련된 신청만 수십 건에 이른다고 했다. 그러니 '수분을 증발시키는 방법'은 이미 한물간 아이디어라는 것이었다. 그래도 보든은 포기하지 않고 다시 특허 신청서를 냈다. 하지만 두 번째 신청도 어김없이 기각되고 말았다. 이번에는 '진공탈수 과정'을 걸고넘어지며 꼭 필요한 과정이 아니라고 했다. 세 번째 신청도 마찬가지로 거절당했는데, 그 이유는 '젖소에서 갓 짜낸 신선한 우유를 야외에서 탈수시키는' 보든의 방법이 여느 방법들과 어떤 점에서 차별적인지 명백히 증명해내지 못했기 때문이었다.

보든은 세 번이나 보기 좋게 거부당했지만 쉽게 물러서지 않았다. 그는 자신의 발명에 대해 강한 확신을 가지고 있었기 때문에 특허권 취득에도 끈질긴 집념을 보였다. 그리고 네 번째 신청에서 결국 그의 바람은 현실로 이루어졌다.

그러나 특허권을 취득하고 난 뒤에도 그의 앞길은 첩첩산중이었다. 당장 신제품을 출시해서 판매하는 것부터 쉽지 않았다. 처음에 보든의 공장은 자동차가게를 개조해서 만들어 임대료가 저렴했다. 개업 당시 보든은 매일 18시간씩 공장에 머물며 직원들에게 연유의 생산 방법을 전수하고, 생산 과정을 직접 감독하며 위생 상태도 수시로 점검했다. 게다가 인근에서 영양이 풍부하고 신선한 우유를 값싸게 공수할 수 있어서 연유의 생산비용도 줄일 수 있었다.

보든은 기대 반 조바심 반으로 제품의 판로를 새로 모색하기 시작했다. 그 일환으로 지역 내에서 영향력 있는 그룹 중 그의 연유를 긍정적으로 평가하는 인사 하나를 첫 번째 고객으로 점찍었다. 그 사람이 말 한마디만 잘해주면 그의 회사와 제품이 입소문을 타는 것도 시간문제라고 생각했기 때문이다. 그러나 당시 그 지역 주민들은 그냥 생우유나 발효유에만 익숙했기에 '연유'라는 제품에 이질감과 거부감을 보였다. 당연히 사 먹는 사람도 거의 없었다. 제품을 출시할 때마다 번번이 실패하고, 회사 전체가 궁지에 몰리자 파트너들도 그와 결별을 선언했고, 그렇게 첫 번째 연유공장은 문을 닫고 말았다.

하지만 시련은 게일 보든의 의지를 꺾어놓지 못했다. 그는 결사의 자세로 또다시 공장을 세웠다. 그런 그의 노력이 하늘을 감동시켰던 것일까? 그의 두 번째 시도는 대성공이었고, 그가 세상을 뜰 무렵 그의 회사는 이미 확고히 기반을 다져 미국 최고의 연유 제조업체로 자리 잡고 있었다. 보든의 눈물겨운 창업 과정은 현재 미국 우유업계 발전에 시금석을 깔아놓았다.

보든의 묘비에는 이런 말이 적혀 있다.

"난 시도해봤지만 실패했다. 그리고 다시 시도하고 도전해서 결국 성공했다."

그의 삶을 한마디로 응축한 이 말은 성공을 꿈꾸는 모든 이들에게 비타민이 되어줄 것이다.

생각이 꼬리를 물다

실패란 당신이 승복하지 않는다면 결코 치명적인 것이 아니다. 실패 그 자체를 두려워하지 말고, 실패 앞에서 무너져 내릴 것을 두려워해라. 성공한 사람들 중에 실패 과정을 밟지 않고 성공으로 직행한 사람은 드물다. 성공하려면 실패에 대한 공포심을 떨치고, 면역력을 키워라. 실패는 성공으로 향하는 징검다리다.

실패를 감내해야 두 번 실패를 피할 수 있다

로젠월드Rosenwald는 미국 유명 백화점인 시어스 로벅Sears Reobuck 사의 최대 주주로, 20세기 미국 비즈니스 업계의 풍운아로 불린다. 그러나 억만장자인 그도 작은 옷가게로 장사에 발을 들여놓은 창업 초기에는 수많은 좌절과 실패, 아픔을 겪어야 했다.

1862년, 독일의 유대인 가정에서 태어난 로젠월드는 어릴 때 가족들과 미국으로 이민 가 일리노이 주 스프링필드 시에 정착했다.

로젠월드는 가정형편이 넉넉지 않아 중학교를 졸업하고 바로 취업 전선에 뛰어들어야 했다. 생계유지가 절실했던 그는 뉴욕에 있는 옷가게에서 잔일을 도맡아 하는 심부름꾼으로 취직했다. 로젠월드는 어릴 때부터 유대인 특유의 가정교육을 받으며 자라서인지 고통에도 굴복하지 않는 강인함과 끈기가 몸에 배어 있었다. 또한 평범한 사람이라도 일단 목표를 정한 후 어떠한 장애물에도 굴하지 않고 꾸준히 전진하면, 승리로 보답받는 날이 올 것이라고 굳게 믿었다. 로젠월드는 이러한 신념을 나날이 되새기며 부지런히 일했다.

당시 로젠월드는 '옷가게 사장'이 되겠다는 목표를 현실로 이루기 위해 부단히 노력했다. 일하는 동안에는 현장에서 시장의 흐름을 유심히 파악했고, 여유가 생길 때마다 관련된 책이나 잡지 등을 독파하며 경제, 경영 지식을 습득해나갔다.

1884년, 어느 정도 경력과 기반이 쌓인 그는 직접 옷가게를 개업했다. 그러나 생각처럼 장사가 잘 되지 않았고, 가게는 손님 그림자조차 찾아보기 힘들 정도로 휑뎅그렁했다. 근 1년을 그렇게 버티다가 결국 몇 년 동안 애써 모은 피 같은 돈을 다 날리게 되자 울며 겨자 먹기로 가게 문을 닫아야 했다.

그 후 로젠월드는 실패를 받아들이면서 실패 원인이 무엇이었는지 곱씹어보았다. 고민 끝에 그는 드디어 결정적인 이유를 찾아냈다. 옷이란 생활필수품인 동시에 장식품이기도 하기에, 실용적이면서도 개성 있고 참신해야 다양한 고객의 취향을 만족시킬 수 있다는 점을 잊고 있었던 것이다. 그가 기존에 운영했던 옷가게는 특색 없이 너무 단조로웠고, 고객의 시선을 끌 만한 참신함도 부족했다. 게다가 가게만 달랑 열었을 뿐이지 특별한 브랜드명도 없었고, 제대로 된 판매루트 또한 확보하지 못했다. 그러니 실패는 예정된 수순이었던 것이다.

사업 실패 요인을 파악한 로젠월드는 마음을 재정비하고, 다시 패션과 경영에 대해 심도 있게 공부하기 시작했다. 패션디자인대학에 다니는 한편 직접 패션시장, 특히 세계 각국의 패션 동향을 연구·조사했다. 그렇게 1년이 지나자 그는 패션디자인 감각도 늘고, 시장 동향을 파악하는 예리한 분석력도 생겼다. 이에 자신감을 얻고 심기일

전하여 재도전장을 내기로 했다. 그는 친구에게 빌린 몇백 달러로 시카고에 열 평 남짓한 옷가게를 차렸다. 그의 옷가게는 그가 직접 디자인한 새로운 옷들을 진열할 뿐 아니라 고객들의 요구에 맞춰 기성복을 수선해주거나 아예 새로 맞춤복을 제작해주기도 했다. 다양하고 참신한 디자인과 꼼꼼한 바느질에, 로젠월드의 능수능란한 장사 수완까지 더해져 가게는 문전성시를 이루었다.

2년 후, 그는 옷가게를 수십 배로 확장해 다양한 종류의 제품을 대량생산하는 의류회사로 발전시켰다.

실패를 통한 깨달음으로 더 근사한 성공을 이뤄낸 셈이었다.

생각이 꼬리를 물다

똑같은 실패를 다시 반복하는 것이야말로 진짜 실패다. 처음에 성공하지 못한 것은 결코 부끄러운 일이 아니다. 그러나 같은 실수를 또다시 되풀이해서는 안 된다. 실패를 의연하게 받아들이고 오히려 그것을 역이용해라. 실패했다고 좌절하지 말고 그 속에서 값진 교훈을 찾아내라. 그래야만 반복되는 실패를 막을 수 있다.

1796년의 어느 날, 독일 괴팅겐 대학에서 열아홉 살의 한 청년이 저녁식사 후에 매일 지도교수가 따로 내주는 수학문제를 풀기 시작했다. 정상적인 속도라면 시간 내에 그 특별 숙제를 마쳐야 했다.

여느 때처럼 앞의 두 문제는 두 시간 안에 술술 잘 풀렸다. 세 번째 문제는 컴퍼스와 눈금이 없는 일자형 자만으로 정 17각형을 그려보라는 문제였다. 청년은 자신만만하게 풀어나가기 시작했다. 하지만 아무리 머리를 굴려도 문제가 풀리기는커녕 갈수록 미로로 빠져드는 것 같았다.

문제가 풀리지 않자 청년은 더욱 오기가 생겼다.

'꼭 풀 수 있어!'

그는 컴퍼스와 자를 들고 종이 위에 요리조리 도형을 만들어보았다. 종이와 씨름하면서 온갖 상상의 나래를 펴고, 심지어 상식에 어긋나는 방법을 동원해보기도 했다. 어느새 날이 밝아 창문 사이로 한 줄기 서광이 비추이고 있었다. 새벽 어스름이 되어서야 청년은 길게 안도의 한숨을 내쉬며 펜을 놓았다.

숙제를 제출하자 지도교수는 놀라는 기색을 감추지 못했다. 그는 떨리는 목소리로 청년에게 말했다.

"이걸 정말 자네 혼자 풀어냈단 말인가? 이 문제는 지난 이천여 년 동안 그 누구도 해답을 찾지 못했던 난제라네. 그걸 자네가 풀다니. 아르키메데스도, 뉴턴도 실마리를 못 찾고 헤맸던 문제를 자네가 하룻밤 만에 해결해냈어. 최근 나는 이 문제를 연구하는 중이었지. 어제 내가 자네에게 문제를 내줄 때, 실수로 이 문제가 적힌 쪽지까지 넘겨줬던 거라네."

몇 년 후 이 청년은 당시를 회상하며 이렇게 말했다.

"만일 당시 그 수학 문제가 오랫동안 해답을 찾지 못한 미해결 과제임을 미리 알았더라면, 죽어도 하룻밤 사이에 풀지 못했을 것이다."

이 청년이 바로 훗날 '수학왕'이라 불린 가우스Gauss다.

생각이 꼬리를 물다

간혹 우리는 어떤 일의 난이도를 아예 모르고 시작했을 때, 오히려 더 용감하게 도전한다. 심지어 뭣 모르고 무작정 시작했는데 미리 정보를 알았던 경우보다 훨씬 일이 쉽게 풀리기도 한다. 이것이 바로 무지한 사람이 더 당당하고 용감해지는 원리다. 그렇기 때문에 무슨 일을 시작하기 전에 미리부터 뒷조사를 하거나 내막을 시시콜콜 알아내려고 할 필요가 없다. 앞뒤 재지 않고 일단 시작해야 오히려 더 흡족한 결과를 얻을 수 있다.

스물네 살의 평범한 미국인 존슨은 어머니의 가구를 저당 잡히고 마련한 500달러의 자금으로 작은 출판사를 차렸다.

그가 자신의 출판사 이름으로 창간한 첫 번째 잡지는 「니그로 다이제스트Negro Digest」였다. 발행량을 늘리기 위해 그는 잡지 지면에 '내가 만일 흑인이라면'이라는 제목의 코너를 신설해서 백인들이 흑인의 입장에서 문제를 바라보는 내용으로 칼럼을 기고하도록 했다. 특이하면서도 대담한 시도였다.

존슨의 생각에는 루스벨트 대통령의 아내인 앨레노어 영부인이 칼럼을 기고해준다면 최고의 시나리오가 될 것 같았다. 그래서 영부인에게 곧장 편지를 썼다.

영부인은 너무 바빠서 칼럼을 쓸 시간이 없다고 답장을 보내왔다. 존슨은 일단 앨레노어 여사가 시간이 없어서 그렇지 쓸 마음이 전혀 없는 것은 아니라고 판단하고 끈질기게 매달려보기로 결심했다.

한 달 후, 존슨은 영부인에게 또 한 통의 편지를 부쳤다. 이번에도 역시 바쁘다는 답장만 날아왔다. 그는 그 후 매달 한 번씩 편지를 보냈다. 그러나 매번 시간적으로 전혀 여유가 없다는 대답만 되풀이될 뿐이었다. 그래도 존슨은 포기하지 않았다. 언젠가는 영부인도 시간이 날 때가 있을 거라 믿었다.

어느 날 존슨은 신문에서 앨레노어 여사가 시카고에서 연설을 한다는 내용의 기사를 우연히 발견했다. 이 기회를 놓칠 리 없는 그는 그녀에게 전보를 쳐서 시카고를 방문했을 때 「니그로 다이제스트」에 기고를 해줄 의향이 있는지를 물었다.

마침내 존슨의 끈기와 인내심에 감동한 앨레노어 여사는 결국 칼럼을 써서 보내왔다. 영부인의 칼럼이 실리면서 「니그로 다이제스트」의 발행량은 한 달 만에 5만부에서 15만부로 껑충 뛰었다. 이 일을 계기로 존슨의 출판 사업도 쾌속질주하기 시작했다.

이렇게 흑인 출판업계의 선두주자로 거듭난 존슨은 훗날 자신의 출판사를 미국 최고 기업의 반열에 올려놓았다.

생각이 **꼬리**를 **물다**

무슨 일을 하든지 시종일관 초심을 유지하고, 끝까지 최선을 다해야 한다. 힘들다고 중도하차하지 마라. 포기하면 성공의 문은 영원히 열리지 않는다. 난관에 부딪힐 때마다, 좌절감이 밀려들 때마다 '마지막까지 최선을 다하자'고 계속해서 자신을 다독거려라.

1995년, 프랑스 기자 장 도미니크 보비는 갑자기 찾아온 뇌졸중으로 사지가 마비되고 실어증에 걸리고 말았다.

어려운 고비는 넘겼지만 보비는 병실에 누워 있는 것 말고는 아무 것도 할 수 없었다. 정신은 말짱했지만 왼쪽 눈을 제외하고는 온몸에 감각이 없었다.

그러나 그는 병마와의 싸움에서 지지 않으려고 애썼다. 말을 할 수도 없고, 글을 쓸 수도 없었지만 아프기 전부터 구상해왔던 작품을 기필코 완성하고 출판해야겠다고 결심했다.

출판사는 망디빌이라는 대필자를 보내 매일 여섯 시간씩 보비의 집필을 도와주도록 했다.

보비가 할 수 있는 의사 표현은 눈을 깜빡거리는 것이 전부였다. 그래서 왼쪽 눈을 움직여 망디빌과 의사소통하는 수밖에 없었다. 보비가 머릿속에 이미 구상된 내용을 알파벳으로 하나하나 알려주면 망디빌이 그것을 문장으로 썼다. 망디빌은 매번 순서대로 프랑스어 알파벳을 소리 내어 읽어주고 보비에게 그중에서 하나씩 선택하도록 했다. 만약 보비가 한번 눈을 깜빡거리면 그 글자가 맞다는 의미였고, 두 번 깜빡거리면 틀리다는 의미였다.

보비는 기억에 의지해 어휘를 판단해야 했기 때문에 가끔 단어 선택에서 실수를 했고, 필요 없는 어휘를 걸러내야 할 때도 있었다. 처음에 그들은 이러한 의사소통에 익숙지 않아 적잖은 시행착오를 겪어야 했다. 손발이 제대로 맞지 않아서 시작할 당시에는 하루 종일 마주하고도 겨우 한 페이지를 작성할까 말까였다. 그러나 점점 요령이 생겨 하루에 세 페이지를 소화할 정도가 되었다.

15개월간의 고생 끝에 그들은 드디어 작품을 완성했다. 이 책 한 권을 쓰기 위해 보비가 눈을 깜빡거린 횟수는 족히 20만 번은 넘었다.

우여곡절 끝에 완성된 이 책은 훗날 총 150페이지로 구성되어 『잠수복과 나비』라는 제목으로 독자들에게 선보여졌다.

생각이 꼬리를 물다

성공은 건강한 신체, 지혜로운 두뇌, 포기하지 않는 강인한 승부 근성 등 많은 조건을 전제로 한다. 하지만 이러한 조건들은 누구에게나 똑같이 주어지지 않는다. 진정한 성공을 원한다면 조건을 탓하지 마라. 자신이 조건 미달이라고 생각되면 자책하지 말고 스스로 조건을 만들어내야 한다. 설령 모든 것을 다 잃었다 할지라도.

중국 명나라 신종 때, 조정은 여진족 때문에 여러모로 골치를 앓고 있었다. 황제는 여진족의 침입을 막기 위해 만리장성을 증축하기로 결정했다. 그런데 당시 만리장성 동쪽 끝을 차지하고 '천하제일관'이라 불리던 산해관山海關은 오래 전에 허물어져서 이름값을 못한 지 오래였다. '천하제일관天下第一關'이라고 쓴 편액 중 '일一'자는 아예 글자 형태조차 알아볼 수 없을 정도로 벗겨져 있었다.

만력萬曆, 신종의 연호황제는 산해관을 원래 모습대로 복구하기 위해 전국 각지의 서예 명인들을 모집하였다. 각지의 서예가들이 그 소식을 듣고 몰려와 일필휘지로 솜씨를 뽐냈으나 어느 한 사람도 '천하제일관'의 원래 느낌을 제대로 살려내지 못했다.

황제는 누구든 능력을 인정받아 선발된 자에게는 후한 상금을 내리겠노라 공언했다. 그런데 엄격한 심사를 거쳐 최종 선발된 사람은 뜻밖에도 산해관 옆 객잔에서 일하는 심부름꾼이었다. 내로라하는 명인들을 제치고 보잘것없는 무명의 천민이 발탁되자 사람들은 의심의 눈초리를 보냈다.

현판 글씨를 쓰기로 한 당일, 관아는 구경꾼들이 몰려들어 북새통을 이루었다. 관리들은 붓, 먹, 종이, 벼루를 미리 준비해 대기하고 있었고, 잠시 후 그 객잔 심부름꾼이 성큼성큼 들어왔다. 그는 고개를 들어 산해관의 현판을 힐끔 올려다보더니, 준비된 붓을 휙 집어던지고 걸레를 집어 먹을 갈아놓은 벼루에 한번 적시고는 큰 소리로 '일'이라고 외쳤다. 잠시 후 절도 있고 힘찬 손놀림이 이어졌고, 순식간에 묘한 기운이 담긴 '일' 자가 그려졌다. 숨죽여 구경하던 사람들은 모두 놀란 입을 다물지 못했다.

누군가가 그에게 물었다.

"비결이 뭐요?"

청년은 잠시 머뭇거리더니 마지못해 대답했다.

"사실 특별한 비결이 없습니다. 저는 그저 삼십여 년 동안 이곳 객잔에 죽 몸담고 있는 보잘것없는 일꾼일 뿐입니다. 평소 탁자를 닦을 때마다 저 산해관의 현판이 항상 눈에 들어왔지요. 그래서 탁자를 걸레로 한번 쓱 닦을 때마다 재미로 저 '일' 자 모양을 따라 그렸습니다. 그뿐입니다."

청년이 일하는 객잔은 산해관 성문의 바로 맞은편에 위치하고 있었다. 그가 허리를 굽혀 탁자 위의 이물질들을 걸레로 닦아낼 때마다 각도상 '천하제일관'의 '일' 자가 정면으로 눈에 들어왔다. 그러다보니 그가 원하든 원치 않든 매일 글자를 보게 되었고, 그렇게 세월이 흐르다보니 자연스럽게 그 글자의 형태나 느낌을 완벽하게 기억하게 되었다. 습관적으로 반복하다보니 어느새 원리와 요령을 터득한 것이었다. 이것이 바로 그가 '일' 자를 완벽의 경지로 재현해낼 수 있었던 유일한 비법이었다.

생각이 꼬리를 물다

살다보면 우리 마음속에 간직할 만한 아름다운 것들을 많이 만나게 된다. 이러한 것들을 무심히 넘기지 말고, 찬찬히 바라보면 그 속에서 새로운 깨달음을 얻을 수 있다. 또한 숙련된 기술을 손에 익히려면 반복, 또 반복해서 연습해야 한다. 수없이 반복하고 습관화해야 요령이 생긴다. 숙련의 경지로까지 능력을 끌어올리면 성공은 자연히 뒤따른다.

해리 리버맨은 바둑에 열광하는 노인이었다. 그는 매일 노인클럽에 나가서 친구들과 몇 시간씩 바둑을 두는 시간이 가장 행복했다.

한번은 해리의 바둑 친구가 병이 나는 바람에 그와 바둑을 둘 수 없게 되었다. 클럽 직원이 다른 노인을 바둑 상대로 배정해주었지만 마음이 맞지 않아 무산되었다. 허탈해진 해리는 내일 다시 오겠다고 했다. 그때 클럽 직원이 제안했다.

"다른 놀이를 한번 배워보시죠. 서예나 미술은 어떠세요?"

직원의 권유로 그는 클럽 내 화실을 둘러보기로 했다. 화실 안에는 많은 그림과 화구들이 놓여 있었다. 직원은 해리에게 말했다.

"선생님, 여기서 한번 그림을 그려보시죠."

해리는 큰 소리로 껄껄대며 웃었다.

"뭐라고? 그림을 그리라고? 난 여태껏 붓을 잡아본 적도 없다네."

그래도 직원은 그를 격려했다.

"그건 상관없어요! 한번 해보면 재미를 느끼실 수도 있잖아요."

해리는 이젤 앞에 앉아 난생 처음 붓을 들고 물감을 짰다. 오후 내내 화실에서 꼼짝하지 않던 그는 과연 그림 그리는 일에 재미를 붙였다. 붓으로 화면을 채워가는 재미가 쏠쏠했다.

해리가 본격적으로 그림을 배워보려는 뜻을 비치자 주변 사람들은 농담하지 말라며 코웃음을 쳤다. 여든 살이나 된 노인이 과연 제대로 배울 수 있을지, 설령 배운다 하더라도 써먹을 수나 있을지 의문이었다. 하지만 그는 그림을 배워 금세 수준급의 회화실력을 보여주었다.

여든한 살이 되던 해, 그는 학교에 입학해 미술에 대한 이론과 지식을 쌓아가기 시작했다. 그는 자신의 시간을 온통 그림 그리는 데 쏟아부었다. 그런 그의 손에서 탄생한 그림들은 기교가 남달랐고 뭔가 특별한 분위기를 띠고 있었다.

1977년 로스앤젤레스의 한 전시실에서 '해리 리버맨 101세 기념 전시회'가 열렸다. 해리 리버맨의 작품은 많은 전문 소장가들에게 고가로 판매되었다. 그의 작품은 활력과 상상력으로 넘쳤고, 독특한 붓 터치와 표현기법으로 미술 평론계에서도 극찬을 받았다.

해리 리버맨은 나이의 장벽을 훌쩍 뛰어넘어 전 세계 미술계에 새로운 기적을 만들어냈다.

할 시간이 없다고, 나이가 너무 많아서 이미 늦었다고 핑계 대지 마라. 나이는 숫자에 불과하다. 사실 무언가에 열중하면 나이는 아무런 걸림돌도 되지 않는다.

교육을 중시하는 유대인들에게 랍비 힐렐Rabbi Hillel은 전설적인 인물이다.

시대를 뛰어넘어 많은 이들의 존경을 받아온 힐렐에게는 젊었을 때부터 품어온 꿈이 하나 있었다. 바로 『유대인의 교육 원칙』이라는 책을 직접 집필하는 것이었다. 그러나 시간도, 여유 자금도 없는 가난한 그에게 그러한 꿈의 실현은 아득하기만 했다.

힐렐은 자신의 꿈을 이룰 수 있는 방법이 없을까 고민한 끝에 한 학교의 수위를 찾아가 부탁했다.

"돈을 좀 드릴 테니 대신 이 학교 안에 들어가서 수업을 듣게 해주세요. 지식인들이 무슨 말을 하는지 꼭 듣고 싶어서 그래요."

며칠 동안 그는 이러한 방법으로 꽤 많은 수업을 청강할 수 있었다. 그러나 워낙 가진 돈이 적다보니 얼마 안 가 빵 하나 살 돈도 남지 않게 되었다. 그때 그를 괴롭혔던 것은 배고픔이 아니라 더이상 학교 안에 들어가지 못하도록 막아서는 학교 수위들이었다.

무슨 뾰족한 수가 없을까 고심하던 그는 묘안을 하나 떠올렸다. 학교 담장을 타고 올라가서 지붕에 있는 채광창에 누워 수업을 듣는 것이었다. 그렇게 하면 교실 안에서 수업하는 모습도 훤히 엿볼 수 있고, 선생님이 강의하는 목소리도 들을 수 있었다.

안식일 전날 저녁, 칼바람이 불어 곳곳이 얼어붙는 몹시 추운 날이었다. 다음 날 학생들은 평소처럼 등교했다. 간밤의 눈발이 잦아들고 바깥에는 햇빛이 비치고 있었다. 그런데 이상하게도 교실 안은 어둑어둑했다. 학생들은 의아해하며 고개를 갸우뚱했다.

알고 보니 간밤에 지붕창 위에 누워 있던 힐렐이 눈에 덮인 채 꽁꽁 얼어 있었다. 수업을 듣다가 깜빡 잠이 들어 하룻밤을 꼬박 그렇게 꼼짝없이 누워 있었던 것이다.

그 후로 유대인들은 가난하거나 바쁘다는 핑계로 공부할 수 없다는 사람들을 보면 약속이나 한 듯이 이렇게 물었다고 한다.

"힐렐보다 가난하십니까? 힐렐보다 시간이 모자라나요?"

가난한 양치기였던 랍비 아키바 Rabbi Akiva 는 마흔 살까지 학교라고는 근처에도 가보지 못했다. 그런 그가 부잣집 딸과 결혼했는데, 하루는 아내가 그에게 예루살렘에 가서 율법서를 공부해보라고 권했다.

"내 나이 벌써 마흔이라오. 이제 와서 무슨 부귀영화를 누리겠다고 공부를 한단 말이오? 일자무식인 내가 거기에 간다면 다들 비웃을 게 뻔해요."

그러자 아내가 뜬금없이 "여보, 등 위에 상처 입은 당나귀 한 마리를 데려와 주겠어요?"라고 부탁했다.

아키바가 당나귀를 끌고 오자 아내는 당나귀의 상처 부위에 회토와 초약을 덕지덕지 발랐다. 그러고 나니 당나귀의 모습이 영 어색하고 우스꽝스러웠다.

그들은 당나귀를 끌고 시장에 나갔다. 첫날, 사람들은 당나귀의 몰골을 보고 웃음을 참지 못했다. 둘째 날도 당나귀는 여전히 웃음거리였다. 그러나 셋째 날부터는 더이상 당나귀에게 손가락질하며 비웃는 사람이 없었다.

아키바의 아내는 나직한 목소리로 남편을 설득했다.

"공부하러 떠나세요. 오늘은 사람들이 모두 당신을 비웃어도, 내일은 비웃는 숫자가 줄어들 거예요. 그리고 모레쯤 되면 사람들은 으레 당연한 일이라고 생각하게 될 거고요."

처음에는 마흔 살이 되어서야 공부를 한다고 비웃음이나 손가락질을 당할 수 있겠지만 그건 아주 잠시일 뿐이다. 조금만 지나면 그런 시선들이 말끔히 거둬질 것이다. 공부란 나이와 전혀 상관없는 것이다.

앞서 등장했던 힐렐은 "지금 배우지 않으면 또 언제 배우겠는가?"라는 말을 입버릇처럼 했다. 유대인들은 지금까지도 그의 말을 인용하며 교육의 중요성을 강조한다고 한다.

생각이 꼬리를 물다

사람은 쉬지 않고 배워야 한다. 배움은 인간의 신성한 사명이다. 혹시 나이가 너무 많아서 더이상 배우기는 글렀다고, 일이 너무 바빠서 공부할 시간이 없다고 생각하는가? 모두 핑계일 뿐이다. 나이가 아무리 많아도, 주머니에 돈이 없어도 적어도 인간으로 태어났다면 배움과 멀어져서는 안 된다.

퀴리 부인은 세계적인 물리학자로 과학사의 한 페이지를 화려하게 장식한 인물이다. 그녀는 평생 동안 수차례의 상과 훈장을 받았고, 그녀의 이름 앞에 달라붙는 호칭만도 117가지나 되었다. 그러나 정작 그녀는 이러한 수식어들에 연연해하지 않았다.

어느 날 그녀의 친구가 집에 찾아왔다가 퀴리 부인의 어린 딸이 금으로 된 메달을 가지고 노는 것을 보았다. 그 금메달은 얼마 전 영국왕립아카데미에서 받은 것이었다. 깜짝 놀란 친구는 다급한 목소리로 퀴리 부인에게 물었다.

"영국왕립아카데미의 메달은 최고의 명예나 다름없어. 어째서 그런 메달을 저렇게 애가 막 가지고 놀게 내버려 두는 거야?"

퀴리 부인이 미소 지으며 대답했다.

"난 아이에게 명예란 그저 장난감과 같은 것임을 일깨워주고 싶어.

명예는 잠깐 가지고 놀 수는 있지만 영원히 소유할 수는 없는 거잖아. 반짝 명예에 우쭐해하다 보면 아무것도 해낼 수 없어."

1921년, 퀴리 부인은 초청을 받고 미국을 방문한 적이 있다. 미국 여성들은 그녀에 대한 경의를 표하기 위해 1그램의 라듐을 무상으로 제공하기로 했다. 사실 당시 라듐 1그램은 100만 달러 이상의 가치를 지니고 있었다. 당시 그녀는 라듐이 절실하게 필요했다. 라듐의 최초 발견자이긴 했지만 터무니없이 비싼 라듐을 사기에는 형편이 넉넉지 않았기 때문이다.

그런데 라듐 증정식에 앞서 「증정증명서」 상에서 '퀴리 부인에게 드립니다'라고 쓰인 글귀를 본 순간 그녀는 기분이 언짢아졌다.

그녀는 사람들 앞에서 솔직하게 말했다.

"이 증서는 수정되어야 합니다. 미국 국민들이 나에게 주는 일 그램의 라듐은 전 세계 과학의 발전을 위한 것입니다. 이 문구대로라면 이 라듐은 제 개인 재산이 되는 것입니다. 이건 있을 수 없는 일입니다."

주최 측은 순간 뜨끔해하면서도 퀴리 부인의 곧은 성품과 과학자로서의 사명감에 감탄했다. 퀴리 부인은 그들이 변호사를 불러 문구를 수정하게 한 후에야 증명서에 서명했다.

생각이 꼬리를 물다

어렵사리 얻은 명예라면 당연히 소중히 다루어야 한다. 하지만 지나친 애착은 금물이다. 명예란 잠시 가지고 놀 수 있는 장난감일 뿐이다. 그 안에 푹 빠져 헤어나지 못한다면 본래의 의미는 퇴색되기 십상이다. 게다가 명예는 과거의 성과에 대한 보상에 지나지 않는다. 보다 원대한 성과를 이룩하려면 지난날의 명예에 안착하지 말고 쉼 없이 노를 저어야 한다.

chapter 04

삶에 적극적인 이미지를 불어넣어라

마음의 자세는 성공과 행복을 향유하느냐 못 하느냐를 결정하는 중요한 요소다. 소극적인 마음가짐과 부정적인 시각은 당신의 인생을 잿빛으로 흐려놓지만, 적극적인 마음가짐과 긍정적인 시각은 당신의 인생을 더욱 풍요롭고 역동적으로 만들어준다. 어떠한 마음가짐으로 삶을 대할지는 당신 스스로 선택해야 할 몫이다.

셀마는 사막의 육군 기지에서 살았다. 남편이 군사훈련을 받으러 나가면, 그녀는 혼자 철제로 만든 집에 남아 있었다. 사막의 무더위는 그야말로 살인적이어서 선인장 그늘 아래도 기온이 섭씨 50도가 넘었다. 게다가 대화할 친구 하나 없는 무료한 일상은 그녀를 더욱 힘들게 했다. 이웃에 멕시코인과 인디언이 있었지만 그들은 영어를 할 줄 몰랐다. 암울한 삶이 계속되자 어느 날 그녀는 부모님에게 편지를 써서 모든 것을 포기하고 집으로 돌아가고 싶다고 하소연했다.

그러자 그녀의 아버지로부터 답장이 도착했다. 아버지의 답장은 딱 두 줄이었다. 하지만 이 짤막한 두 줄의 문장은 그녀의 마음가짐, 나아가 삶 전체를 완전히 바꿔놓았다.

"두 사람이 감옥의 철창으로 바깥세상을 보았단다. 한 사람은 진흙을 봤지만, 다른 한 사람은 별을 봤지."

셀마는 가슴이 뭉클해지면서 그동안 투정만 부렸던 자신의 모습이 부끄러워졌다. 그녀는 사막에서 별을 찾아보기로 결심했다.

셀마는 이웃들에게 먼저 다가가 친구처럼 살갑게 대하기 시작했다. 그런데 그들의 반응은 기대 이상이었다. 셀마가 그들의 옷감과 도자기에 관심을 보이자, 관광객들에게도 아까워서 팔지 않았던 그 물건들을 그녀에게 선뜻 선물하는 것이 아닌가.

또한 그녀는 선인장을 비롯한 다양한 사막식물들과 타르바간_{다람쥣과의 동물로 건조한 초원에 떼를 지어 산다} 같은 동물에 대해서도 공부했다. 어느덧 무심코 지나쳤던 사막의 일몰도 아름다운 장면으로 다가왔고, 간간이 사막에서 조개껍데기를 줍는 행운도 잡았다. 몇만 년 전 사막이 바다였을 때 남겨진 것이었다. 그렇게도 답답하고 못 견뎌 했던 곳이 가까이 다가서고 보니 흥미진진하고 신비로운 것으로 가득 차 있었다.

사막은 늘 그 자리에 똑같은 모습으로 있었고 인디언 출신 이웃도 예전 그대로였다. 다만 그녀가 생각을 바꾸고, 마음가짐을 달리하자 열악하기 그지없던 최악의 상황이 가장 아름답고 의미 있는 최고의 순간으로 반전된 것이다. 새로운 세계의 발견에 흥분을 감출 수 없었던 그녀는 자신의 경험을 담아 『유쾌한 성지』라는 책을 써냈다. 그녀는 스스로 만든 감옥 안에서 드디어 밝은 희망의 별을 찾은 것이다.

생각이 꼬리를 물다

삶이 무미건조하고 고통스럽다고 느끼는 이유는 우리네 마음이 메말라버렸기 때문이다. 당신의 일상을 싱싱하게 되살리고 싶다면 생각을 바꿔라. 소극적이었던 모습을 탈피하고 적극적으로 다가선다면 당신의 삶도 생기를 잔뜩 머금을 수 있다.

적극적으로 마음먹고, 적극적으로 행동하라

미국 최대 손해보험 그룹인 에이온코퍼레이션의 창업자 클레멘트 스톤Clement Stone은 미국에서 손꼽히는 부자이자 세계 보험업계의 큰손이다.

1902년에 태어난 스톤은 어려서 아버지를 여의고 어머니 손에서 자랐다. 그가 어렸을 때 그의 어머니는 고생해서 모은 돈을 디트로이트의 한 작은 보험중개회사에 투자했다. 이 보험중개회사는 디트로이트의 상해보험회사를 대신해서 보험상품을 판매했다. 영업사원이라고 해봐야 스톤의 어머니 달랑 혼자였다. 보험 한 건을 판매할 때마다 일정 금액의 수수료를 받았는데, 그것이 그녀의 유일한 수입이었다.

스톤은 열여섯 살 여름방학 때부터 어머니를 따라다니며 보험을 판매했다. 첫날, 그는 어머니가 일러준 건물 입구에서 차마 발이 떨어지지 않아 머뭇거렸다. 그 순간 그는 자신의 좌우명을 되뇌었다.

"당신에게 손해되지 않는 일이라면, 더구나 큰 수확이 기다리고 있는 일이라면 주저 말고 당장 시작하라."

그는 용기를 내어 건물 안으로 들어갔다. 사무실 전체를 순회하고도 겨우 두 사람에게 보험을 팔았을 뿐이었다. 하지만 그는 그 과정에서 자신에게 세일즈 재능이 있음을 발견하였다. 다음 날에는 네 건, 그 다음 날에는 여섯 건을 계약했다. 방학이 거의 끝나갈 무렵에는 하루 열 건도 거뜬히 소화해냈다.

당시 그는 성공하기 위해서는 일단 긍정적으로 생각하고 적극적으로 행동해야 한다는 사실을 깨달았다.

스무 살 때 그는 시카고에 '에이온코퍼레이션'이라는 보험중개회사를 개업했다. 회사라는 간판은 달았지만 정작 직원은 그 혼자였다. 그러나 개업 첫날부터 54건을 판매하는 쾌거를 달성했다. 후에 사업은 나날이 번성했고, 하루 판매가 122건에 달하는 기록을 만들어내기도 했다.

그는 각 주에서 인재를 뽑아 사업을 여러 지역으로 확장했다. 각 지역별로 영업 사원들을 이끄는 영업 팀장을 한 명씩 선발하고, 스스로 이들을 총괄 관리했다. 그때 그의 나이는 서른도 채 되지 않았다.

그러나 얼마 후 미국에 사상 초유의 불황이 찾아왔다. 미국 전역에 드리워진 경제공황의 먹구름 때문에 미국인들은 지갑을 열지 않았다. 경제가 어려워 보험까지 들 여유가 없다는 사람들이 태반이었고, 부자들도 만일의 사태를 대비해서 자금을 꽁꽁 묶어두거나 저금해놓기 일쑤였다. 이러한 열악한 상황에서도 스톤은 정면으로 대응해나갔다.

"세일즈의 성공 여부는 고객이 아니라 영업 사원에게 달려 있다. 당신이 밝은 모습으로 꿋꿋이 고난과 마주한다면 오히려 그 속에서 진

주를 발견할 수도 있다."

이는 당시 스톤이 하루에도 수없이 곱씹었던 좌우명이다. 그 덕분에 그는 하루 계약 건수를 예년과 다름없는 수준으로 꾸준히 유지할 수 있었다.

1938년 말, 스톤은 당당히 억만장자 대열에 합류하였으며, 그의 보험사는 미국 보험업계 최고의 대기업으로 자리 잡았다.

생각이 **꼬리를 물다**

성공한 사람들의 사례를 들춰보면 한 가지 공통분모를 발견할 수 있다. 그들이 남들을 앞서고 선두에 설 수 있었던 것은 긍정적인 마인드와 적극적인 행동 때문이었다는 점이다. 다 잘될 거라고 긍정적인 자기최면을 걸어보자. 그리고 일단 마음을 굳혔으면 머뭇거리지 말고 당장 실천하자. 긍정적인 마음가짐에 적극적인 행동을 더하는 것이야말로 최고의 성공 비결이다.

강한 의지를 배겨낼 시련은 없다

만일 어떤 사람이 마흔여섯 살 때 교통사고로 온몸에 심각한 화상을 입었다면, 그것도 모자라 4년 후 비행기 추락사고로 하반신이 마비되었다면 그 사람의 상태가 어떻겠는가? 또 그런 사람이 엄청난 재력가, 만인의 존경을 받는 연설가, 유명 기업인, 스카우트 1순위인 정치가의 배역을 모두 완벽하게 소화해냈다면 당신은 믿을 수 있겠는가? 그가 래프팅과 패러글라이딩을 즐기는 모습이 상상이 가는가?

하지만 이 모든 것을 미첼은 하나도 빠짐없이 완벽하게 해냈다. 두 번의 끔찍한 사고를 겪은 후 그의 얼굴은 피부이식 때문에 울긋불긋 흉물스럽게 변했고, 손가락은 모두 잘려나갔다. 두 다리는 너무 마른데다 감각마저 없어져 평생 휠체어에 의지해야 했다.

교통사고를 당하면서 그는 피부의 65% 이상이 불에 타는 심각한 화상을 입어 열여섯 차례나 수술을 해야 했다. 수술 후에는 포크를 들 수도, 전화를 받을 수도, 심지어 혼자 화장실에 갈 수도 없는 절망적인 상황이었다. 하지만 해병대 출신이었던 미첼은 무너지지 않았다.

"나는 아직 내 인생의 배를 혼자 힘으로 저어갈 수 있다. 항해를 하다보면 배가 출렁이는 것은 다반사다. 지금 상황에서 후퇴할지, 새롭게 출발할지는 내가 선택한다. 반년 후 나는 비행기를 조종하고 있을 것이다."

그 후 미첼은 빅토리아풍의 집을 마련하고, 부동산과 경비행기, 심지어 술집도 구입했다. 이어서 친구 두 명과 함께 목재 연료 난로를 생산하는 전문회사를 설립했다. 이 회사는 나중에 버몬트 주를 대표하는 2대 민영기업으로 성장했다.

교통사고가 있은 지 4년 후, 미첼이 조종하던 비행기가 이륙할 때 엔진 이상으로 활주로에서 미끄러지는 사고가 났다. 이 사고로 그는 열두 번째 갈비뼈가 완전히 으스러지는 바람에 하반신 마비라는 후유증을 겪어야만 했다.

그래도 미첼은 삶에 대한 의지와 희망의 끈을 놓지 않았다. 자신이 이룰 수 있는 최고의 경지까지 올라서기 위해 밤낮으로 더욱 노력했다. 노력의 결과, 그는 콜로라도 주 크레스티드 뷰트의 시장으로 선출되었고 그곳의 아름다운 환경이 광산 채굴로 인해 파괴되지 않도록 환경보호 운동에도 적극 앞장섰다.

얼마 후 미첼은 미 의회 진출을 시도했다. 그는 선거 공세를 하는 동안 농담 삼아 이렇게 말하곤 했다.

"저는 지금 어린아이 가면을 쓰고 있는 것이 아닙니다!"

기이하고 흉물스런 얼굴을 오히려 자신만의 브랜드로 승화시킨 것이다.

처음에는 섬뜩한 외모 때문에 거리를 두는 사람도 있었지만 그는 꿋꿋이 인생의 배를 저어나갔다. 그렇게 해서 결혼도 하고, 행정학 석사학위도 취득했으며, 경비행기 조종, 환경보호 운동, 대중 연설 활동도 포기하지 않고 계속했다.

그의 쓰러질 줄 모르는 강인한 태도와 기적적인 삶의 연대기는 <투데이 쇼>, <굿모닝 아메리카> 등의 텔레비전 프로그램에 소개되어 세인에게 널리 알려졌다. 『퍼레이드』, 『타임』, 『뉴욕타임스』 등 유명 잡지에서도 미첼의 이야기를 특집기사로 다루었다.

미첼은 자신 있게 말한다.

"하반신이 마비되기 전 내가 만 가지의 일을 할 수 있었다면, 지금은 구천 가지의 일을 할 수 있다. 더이상 할 수 없는 천 가지 때문에 괴로워하며 인생을 보낼 수도 있고, 아직까지 가능성 있는 구천 가지에 집중하며 인생을 보낼 수도 있다. 그 선택의 몫은 나에게 있다. 내 인생은 두 번의 엄청난 시련을 만났다. 하지만 시련을 핑계로 노력을 포기할 수는 없다. 지금껏 당신의 발목을 잡아오던 것을 새로운 각도에서 바라보길 권한다. 한 걸음 뒤로 물러서서, 좀더 열린 마음으로 바라보라. 그럼 언젠가 '그것도 별것 아니었구나'라며 웃어넘길 수 있을 것이다."

이 세상에는 행운과 불행이 공존한다. 불행이 닥쳐와 당신의 인생을 송두리째 흔들어놓을지라도 긍정적인 마인드와 불굴의 의지를 잃지 마라. 스스로에게 이렇게 외쳐보라. "이건 아무것도 아니다. 나는 아직 꿈을 이룰 수 있는 여지가 있으며, 앞으로 더 멋지게 해낼 수 있다."

살날이 얼마 남지 않은 한 남자가 두 아들에게 유언을 남겼다.

"내가 죽으면 너희 두 형제가 재산을 똑같이 둘로 나눠 가져라. 절대 재산 때문에 의리가 상하는 일은 없어야 한다."

형제는 아버지가 돌아가시자 유언대로 재산을 이등분했다. 하지만 형이 재산 분배가 불공평하다며 동생에게 딴죽을 걸었고, 형제는 결국 분쟁에까지 이르게 되었다.

그때 한 노인이 형제의 이야기를 듣고 자신이 중재를 해주겠다며 찾아왔다.

그는 형제에게 말했다.

"가장 공평한 방법을 알려주겠네. 이 방법을 쓰면 더이상 이견이 없을 걸세. 지금부터 내 말 잘 듣게. 자네들이 가진 돈과 물건을 모두 반으로 쪼개서 한 쪽씩 가지게. 그러면 논란의 여지없이 공평해지겠지?"

형제는 잘 이해되지 않는다는 듯 의아한 표정을 지었다. 그러자 노인은 예를 들어가며 설명했다.

"옷은 반으로 찢고, 그릇이나 접시도 반으로 깨면 되지. 지폐도 두 쪽으로 찢어 나누게. 이러면 완전히 똑같이 나눠 가질 수 있다네."

형제는 좀 의심스럽긴 했지만 공정한 재산 분배를 위해 노인의 제안을 따르기로 했다.

하는 수 없이 그들은 집 안에 있는 모든 물건과 돈을 두 조각 내서 나눠 가졌다. 결국 그들의 손에 남은 것은 아무짝에도 쓸모없는 쓰레기 조각들뿐이었다.

생각이 **꼬리**를 **물다**

세상에 절대적인 균등이란 없다. 자로 잰 듯 똑같이 나누려고 집착하다가는 결국 양쪽 모두 손해를 입게 된다. 균등이라는 개념은 우리 마음속에 존재할 뿐이다. 매사 작은 차이에 연연해하지 말고 서로 조금씩 양보해야 가장 이상적인 분배가 이루어진다.

젊고 유능한 자동차 영업소장이 있었다. 그는 전도유망한 사업가로 만인의 부러움을 받고 있었지만 우울증에 시달렸다. 자신이 죽을병에 걸렸다고 오인한 나머지 마치 세상을 다 산 사람마냥 행동했다. 묏자리를 봐두는가 하면 장례식 준비까지 미리 해놓는 치밀함을 보였다. 사실 그의 증상은 호흡이 가쁘고 심장박동수가 빨라지고 목이 막힌 듯 답답한 게 전부였다. 실력 있는 내과 전문의라고 자부하는 그의 주치의는 그에게 사업을 접고 안정을 취하는 게 좋겠다고 권유했다.

그런데 집에서 쉬는 동안에도 이 영업소장은 한시도 마음을 편하게 놓지 못하고 안절부절못했다. 그러다보니 증세가 전보다 더 심각해졌다. 결국 그는 주치의의 조언대로 요양을 위해 콜로라도 주로 갔다.

콜로라도 주는 공기가 좋아 요양하기에는 최적의 조건을 갖추고 있었지만 그의 두려움까지 정화시켜주지는 못했다. 그는 1주일을 겨우 버티다가 다시 집으로 돌아왔다. 이제 정말 죽을 때가 다 되었다며 자포자기한 것이다. 그러던 어느 날 친구가 찾아와 그에게 제안했다.

"무턱대고 의심 좀 하지 말게. 메이요 클리닉Mayo Clinic에 가면 병을 고칠 수도 있을 걸세. 당장 가보는 게 좋겠어."

친구의 말대로 그는 친척과 함께 미네소타 주 로체스터 시에 위치한 메이요 클리닉을 찾아갔다. 가는 동안에도 그는 중도에 쓰러져 영영 깨어나지 못하면 어쩌나 노심초사했다.

그를 검진한 의사는 "산소를 과다하게 흡수해서 나타나는 증상입니다"라고 진단을 내렸다. 이 말에 그는 허탈하게 웃으며 물었다.

"그럼 제가 어떻게 조치하면 될까요?"

"호흡이 곤란하거나 심장이 빨리 뛰는 게 느껴지면 이 종이봉투에 대고 호흡을 하거나 잠깐 숨을 멈춰보세요."

의사는 종이봉투 하나를 건넸다. 그가 의사의 말대로 실천하자 정말 거짓말처럼 증상이 호전되었다. 답답하던 목도 시원하게 뚫렸다. 그 뒤로 그는 예전의 활기를 되찾아갔다. 몇 달 후 병에 대한 괜한 의심과 두려움이 사라지면서 모든 증세가 말끔히 나았다. 그동안 그를 골병들게 만든 것은 다름 아닌 마음의 병이었던 것이다.

생각이 꼬리를 물다

사람들은 몸이 불편하면 자신이 무슨 심각한 병을 얻은 것은 아닌지 의심하고 겁을 먹는다. 사실은 가벼운 잔병이거나 아무런 이상이 없는데도 말이다. 혹시 당신 스스로 마음의 병을 키우고 있지는 않은가? 공포와 의심이 당신의 마음을 한없이 병들게 하고 있다면 건전한 '해피 바이러스'를 투약해 마음을 치유해야 한다. 섣불리 자신의 건강을 의심하지 말고, 늘 건전하고 긍정적인 마음으로 살아라. 그러면 마음의 병도 자연스럽게 사라질 것이다.

한때 영국 수상을 지냈던 월슨이 겪었던 일화다.

어느 날 월슨은 광장에 모인 대중에게 정책 추진을 위한 연설을 하고 있었다. 당시 광장에는 수천 명의 인파가 모여 있었다. 한창 그가 연설을 하고 있는데 갑자기 청중석에서 계란이 날아들었다. 계란이 월슨의 얼굴을 강타하자 경호원들은 재빠르게 인파 속으로 들어가 범인을 색출했다. 그런데 뜻밖에도 계란을 던진 사람은 어린 꼬마였다.

이 사실을 전해들은 월슨은 일단 꼬마를 풀어주라고 지시하고, 대중이 보는 앞에서 아이의 이름과 집, 전화번호, 주소를 기록하게 했다.

이를 본 관중들은 월슨이 아이를 처벌하려는 게 아니냐며 수런거리기 시작했다.

이때 월슨이 관중들을 향해 말했다.

"상대방의 실수 속에서 의외의 성과를 건질 수도 있습니다. 방금 저

어린아이가 저에게 계란을 던진 것은 분명 예의에 어긋나는 행동입니다. 하지만 저는 대영제국의 수상으로서 나라를 위해 공헌할 될성부른 인재를 발굴해야 할 책임이 있습니다. 저렇게 먼 곳에서도 계란을 정확하게 제 얼굴에 명중시키다니 저 아이는 분명 비범한 재주를 지녔을 것입니다. 이름을 기록해둔 것은 저 아이를 어릴 때부터 집중 훈련시켜 장래 국위를 선양하는 훌륭한 야구선수로 키우기 위해서입니다.”

월슨의 말에 관중들은 열광적인 환호를 보내며 감탄했다.

미국 세관에서 압수한 자전거들이 경매에 부쳐졌다. 그날 경매장에는 눈에 띄는 남자아이가 있었다. 열 살 남짓한 그 아이는 입찰이 시작될 때마다 제일 먼저 손을 들고 5달러를 시작 가격으로 불렀다. 그러나 5달러라고 외친 뒤에는 더이상 가격을 올리지 않고, 다른 사람들이 30~40달러에 자전거를 사 가는 모습을 부러운 눈빛으로 지켜보기만 했다. 휴식 시간에 경매원이 아이에게 와서 왜 가격을 더 올리지 않느냐고 묻자 아이는 가진 게 5달러뿐이라고 했다.

경매가 다시 시작되었고 아이는 조금 전과 마찬가지로 자전거가 하나씩 거론될 때마다 5달러를 제시했다. 그러나 번번이 더 높은 가격에 낙찰되는 자전거를 그림의 떡처럼 보고만 있어야 했다. 시간이 흐르면서 경매장에 있던 사람들도 서서히 이 남자아이를 주목하기 시작했다. 드디어 경매는 막바지에 이르렀고, 이제 자전거는 마지막 한 대만 달랑 남아 있었다. 이 자전거는 앞서 팔린 자전거들과는 비교도 안 될 정도로 고급스러웠다.

경매원이 물었다.

"자, 누가 가격을 제시하시겠습니까?"

이때 거의 울상이 된 남자아이가 다시 용기를 내어 모기만 한 목소리로 말했다.

"오 달러요."

일순간 경매장이 조용해졌다.

사람들의 시선이 온통 이 남자아이에게 쏠려 있었다. 아무도 손을 들어 더 높은 가격을 제시하지 않았다. 세 번을 물어도 아무 반응이 없자 경매원은 큰 소리로 선언했다.

"이 자전거는 여기 반바지에 흰 운동화를 신은 어린이에게 낙찰되었습니다!"

말이 끝나기 무섭게 장내에 요란한 박수 소리가 터져 나왔다. 남자아이는 손에 꼭 쥐고 있던 5달러짜리 지폐를 내고 세상에서 가장 멋진 자전거를 건네받았다. 그 순간 아이의 얼굴에는 환한 웃음이 번지고 있었다.

생각이 꼬리를 물다

남을 누르고 반드시 이겨야 한다는 승부 근성도 중요하지만 살아가면서 절대 잊지 말아야 할 한 가지는 마지막까지 희망의 끈을 놓지 않는 것이다. 희망의 불씨를 꺼뜨리지 않고 간직하면 언젠가 가능성은 열린다.

도나는 미시간 주 어느 마을의 초등학교 교사다.

어느 날 그녀는 수업 시간에 학생들에게 종이를 꺼내 자신이 할 수 없다고 생각되는 일들을 적어보라고 했다. 학생들은 책상에 머리를 박은 채 부지런히 적기 시작했다. 그중 한 여자아이는 종이에 '축구', '세 자릿수 이상 나눗셈', '데이빗의 마음 끌기' 등등 생각나는 대로 술술 적어 내려갔다. 이미 종이의 반이 채워졌는데도 그 아이는 아직 쓸 것이 한참 남은 듯 연필을 놓지 않았다.

다른 학생들 역시 불가능한 일들을 종이에 열거하느라 분주했다.

도나도 학생들과 마찬가지로 종이 위에다 불가능하다고 생각되는 일들을 쭉 적어나갔다.

한 10분 정도 지나자 학생들은 대부분 종이 한 장을 가득 채웠다. 심지어 어떤 친구는 두 번째 장으로 넘어간 상태였다.

"여러분, 한 장이면 됐어요. 더 쓸 필요 없어요."

도나는 학생들에게 마무리를 시킨 다음 불가능한 일들로 가득 채워진 종이를 반으로 접은 뒤 순서대로 나와서 빈 상자에 집어넣도록 했다. 학생들이 다 집어넣자 도나는 마지막으로 자신의 것을 툭 던져 넣었다. 그러고 나서 상자 뚜껑을 닫고 옆구리에 끼운 채 학생들을 교실 밖으로 데리고 나갔다.

도나는 창고에서 삽을 가져다가 운동장 한구석으로 가서 구덩이를 파기 시작했다. 학생들도 돌아가며 조금씩 흙을 파냈다. 10분 후 움푹한 구덩이가 생기자, 그들은 상자를 아래로 밀어 넣은 뒤 다시 흙을 덮었다. 종이 한가득 써냈던 '불가능'한 일들이 땅속 '무덤' 속으로 직행했다.

도나는 이 작은 '무덤'을 빙 둘러싼 서른한 명의 학생들에게 엄숙하게 제안했다.

"여러분, 이제 서로 손을 잡고 고개를 숙여 묵념을 할까요?"

그러자 학생들은 옆 친구와 손을 잡고 둥글게 원을 만들더니 말없이 고개를 숙였다.

"여러분, 오늘은 여러분들의 '불가능'이 무덤 속으로 영원히 사라지게 되는 날이랍니다."

이어서 도나는 엄숙한 목소리로 애도사를 읊었다.

"'불가능'이여, 당신은 이 세상에 살아 있을 때 늘 우리 곁에 붙어 많은 영향을 끼쳐왔습니다. 어떤 때는 그 누구보다 적극적으로 우리의 삶을 지배하려고 들었죠. 당신의 이름은 하루도 빠짐없이 매 순간 등장하곤 했습니다. 학교에서도, 시청에서도, 국회에서도, 심지어 대통령 관저에서도 말입니다. 당신의 존재가 우리를 불행하게 만들었습니다.

지금 우리는 당신을 이곳에 묻고 묘비명이 새겨진 비석도 세울 겁니다. 부디 편히 쉬십시오. 아울러 우리는 당신의 배다른 형제인 '가능'과 '기대', '실천'이 당신의 사업을 물려받기를 기원합니다. 비록 그들은 당신만큼 명성이 높지도, 영향력이 크지도 않지만 우리들의 삶을 차츰 긍정적이고 밝은 색으로 칠해줄 겁니다. '불가능'이여, 편히 잠드소서. 이제 우리 모두가 당신을 잊고 새롭게 출발할 수 있기를 빌어주십시오."

잠시 후 도나는 학생들과 교실로 돌아왔다. 그들은 '불가능'과의 이별을 자축하기 위해 비스킷, 팝콘, 콜라 등을 펼쳐놓고 작은 다과회를 열었다. 축하의 일부분으로 도나는 종이를 묘비 모양으로 자른 후 거기에 '불가능이여, 편히 잠들라!'는 문구와 그날의 날짜를 적었다.

도나는 이 종이 묘비를 교실에서 눈에 가장 잘 띄는 자리에 걸어놓았다. 그리고 학생들이 무심코 "저는 못 해요", "불가능해요"라고 말할 때마다 이제 '불가능'은 없다는 것을 상기시키며 보다 적극적인 해결방법을 찾도록 유도했다.

생각이 **꼬리**를 **물다**

'불가능'이라는 단어에 휘둘리거나 발목이 잡히면 어떤 일도 해결할 수 없다. 내 안에 독소처럼 퍼지고 있는 '불가능' 세포들을 하루빨리 제거해야 한다. 당신을 나약하게 만드는 '불가능'에게 당당히 이별을 선언하고, '가능'과 가까이 지내며 도전을 즐겨라.

한 국문과 학생이 자신이 쓴 소설 한 편을 들고 유명 작가에게 평을 부탁하러 갔다. 그런데 마침 그 작가가 눈병에 걸린 터라 학생이 직접 소설을 읽어주어야 했다.

학생이 마지막까지 읽고 나자 작가가 물었다.

"그게 끝인가?"

학생이 생각하기에 작가의 물음은 마무리가 아쉽다는 뉘앙스를 담고 있는 듯했다. 그 질문에 학생은 불현듯 영감이 떠올라 자신 있게 대답했다.

"그럴 리가요. 다음 부분은 더 흥미진진하답니다."

그는 자신도 주체할 수 없는 아이디어를 마구 쏟아내며 구두로 다음 이야기를 풀어나갔다.

가만히 듣고 있던 작가는 학생이 잠시 말을 멈추자 뭔가 미적지근

하다는 듯 다시 물었다.

"그게 결론인가?"

소설은 점점 흥미를 더하고 있었다. 학생은 격앙된 어조로 창작의 끼를 최대한 발산해냈다. 계속 이야기를 만들어나가고 있는데, 갑자기 전화벨이 울렸다. 전화벨 소리는 얄궂게도 그의 머릿속을 불청객처럼 비집고 들어와 아이디어의 배출 통로를 차단해버렸다.

전화를 받은 작가는 급한 일이 있어 외출을 해야겠다고 했다.

"제 소설은 아직 끝나지 않았는데, 어떡하죠?"

그러자 작가가 냉랭하게 대답했다.

"사실 자네는 진작 소설을 끝냈어야 해. 아까 처음에 내가 끝이냐고 물었을 때 과감하게 마무리를 지었어야 했어. 왜 그렇게 사족을 붙여서 작품 이미지를 망가뜨리는가? 멈춰야 할 때 끝을 내는 것이 작가의 자세라네. 자네는 줄거리의 맥락조차 제대로 파악하지 못하고 있어. 게다가 작가의 생명인 결단력이 너무 부족해."

그는 결단력을 훌륭한 작가의 우선 조건으로 꼽고 있었다. 과감하게 펜을 놓지 못하고 질질 끌다보면 독자들의 감동도 희석될 수밖에 없다는 말이었다. 학생은 남의 눈을 의식해 작품의 원형에 손을 댄 자신의 경솔한 행동을 후회했다. 심지어 작가로서의 근본적인 자질에 대해서까지 의구심이 들었다.

몇 년 후, 이 젊은이는 또 다른 유명 작가를 만난 자리에서 과거에 겪었던 일을 솔직하게 고백했다. 그런데 그 작가의 반응은 예상 밖이었다. 그는 오히려 젊은이의 능력에 감탄했다.

"그런 상황에서 신속하게 임기응변하고, 그 짧은 시간에 그처럼 탄탄한 스토리를 만들어내다니 자네는 작가로서의 자질이 아주 다분하

네. 자네 능력을 제대로만 활용한다면 분명 훌륭한 작품을 발표할 수
있을 게야.”

사람들은 권위 앞에서 한없이 옹색해지고 작아지게 마련이지만, 사실 그럴 필요는 없다. 권위 있는 자라고 해서 항상 옳은 말만 하는 것은 아니기 때문이다. 권위에 대한 지나친 맹신과 복종은 오히려 자신의 발전을 더디게 할 수 있다. 권위에 쉽게 굴복하지 말고, 먼저 자신을 믿어라. 그래야 내 안의 벽을 박차고 나와, 나만의 길을 고수할 수 있다.

태양을 보려면 열등감의 터널을 벗어나야 한다

외딴 시골에 살던 한 남자가 베이징의 한 대학에 합격해 상경했다.

그는 한 학기 동안 같은 반 여학생들과는 말 한 마디도 제대로 하지 못했는데, 등교 첫날 옆 자리에 앉은 여학생이 "넌 어디서 왔니?"라고 물은 게 발단이었다. 당시 그에게는 고향이 어디냐는 질문이 그렇게 거북스럽고 불편할 수가 없었다. 산간벽지에서 왔다고 하면 대도시에서 온 학생들에게 무시를 당할 거라는 나름의 판단 때문이었다.

그래서 대학 입학 후 첫 학기가 끝날 때까지 같은 과 여학생들 대부분이 그의 존재조차 모르고 있었다.

그 후로도 그는 스스로 만든 열등 의식의 그림자 때문에 심각한 자기 비하 콤플렉스에 시달렸다. 마음을 꼭꼭 닫아놓고 좀처럼 열려고 하지 않았으며, 심지어 사진을 찍을 때는 자신의 내면을 들키지 않으려고 습관적으로 선글라스를 착용할 정도였다.

마찬가지로 베이징 소재 대학에 다니는 한 여학생이 있었다.

그녀는 한 번도 치마를 입은 적이 없었고, 체육 수업에는 늘 결석했다. 친구들이 자신의 뚱뚱한 몸을 보고 몰래 비웃을지도 모른다며 지레 담을 쌓았던 것이다.

대학 졸업을 앞둔 그녀는 졸업의 필수 관문인 장거리달리기 테스트에 불참하는 바람에 졸업에 비상이 걸렸다. 당시 선생님은 "일단 달리기만 하면 시간이 얼마나 걸리든 합격점을 주겠다"며 그녀를 설득했다. 하지만 그녀는 한사코 거부했다. 반항하는 게 아니라 두려워서라고, 뚱뚱한 몸을 이끌고 달리는 자신의 우스꽝스러운 모습을 보고 친구들이 놀릴까봐 뛰지 못하는 거라고 해명하고 싶었다. 하지만 그녀에게는 선생님에게 입을 열 용기조차 없었다. 쩔쩔매던 그녀는 아무 말도 못하고 선생님만 졸졸 따라다녔다. 결국 보다 못한 선생님은 할 수 없이 그녀를 통과시켜주었다.

훗날 어느 텔레비전 토크쇼에서 이 두 남녀가 자리를 함께했다. 여자가 남자에게 웃으며 말했다.

"만일 우리가 동창이었다면 졸업할 때까지 한 마디도 나누지 못했을 거예요. 당신은 아마 저를 보며 '베이징 토박이인데 시골 출신인 내가 눈에 들어오기나 하겠어?'라고 생각했을 거예요. 그리고 전 '저렇게 멋있는 남자가 나에게 관심이나 있겠어?'라며 마음을 감췄겠죠."

대학 시절 열등감에 시달리던 그 남자는 바로 중국 CCTV의 간판급 MC로 활약하고 있는 바이옌송白岩松이었다. 오늘날 그는 자신감 넘치고 톡톡 튀는 입담으로 수많은 중국 시청자들을 텔레비전 앞으로 끌어들이고 있다.

그리고 외모 콤플렉스 때문에 대인기피 증세까지 보였던 여학생은

CCTV의 유명 아나운서 장위에張越다. 현재 그녀는 외모가 아닌 실력으로 당당하게 자리를 꿰찬 실력파 아나운서로 명성이 자자하다.

사람은 누구나 감추고 싶은 부분이 있으며, 흠 하나 잡을 데 없이 완벽한 사람은 드물다. 털어서 먼지 안 나는 사람이 어디 있겠는가? 무엇보다 중요한 것은 그런 열등감을 어떻게 극복하느냐다. 열등 의식을 뿌리 뽑으려면 스스로를 믿고 사랑하는 수밖에 없다. 세상에서 자기 자신이 친 덫만큼 끔찍하고 질긴 덫은 없다. 그 굴레에서 벗어나야 당신의 진정한 능력이 빛을 발한다.

즐거워하라,
그리고 더 행복해져라

살다보면 수많은 욕망들이 마음을 향해 밀려드는데, 일탈에 가까운 지나친 욕망은 과감하게 털어내야 한다. 또한 살다보면 수없이 많은 짐들을 짊어지게 되는데, 지나치게 당신을 짓누르는 짐은 과감하게 내려놓아야 한다. 미련 없이 비워내는 방법을 배우고, 작은 것에도 감사하고 만족할 줄 아는 마음을 가지면 삶이 보다 즐겁고 환해질 수 있다.

하루하루가 스트레스라고 생각하는 중년의 남자가 있었다. 자신을 짓누르는 삶의 무게가 벅차기만 했던 그는 현실을 벗어날 수 있는 해탈의 방법을 구하고자 한 현인을 찾아갔다.

현인은 그의 어깨 위에 대바구니를 지워주며 앞쪽으로 난 울퉁불퉁한 길을 가리켰다.

"앞으로 한 걸음씩 나아갈 때마다 돌멩이를 주워서 바구니에 넣으십시오."

남자는 현인의 말대로 했다. 어깨에 진 바구니가 돌로 꽉 채워지자 현인이 다가와 어떤 느낌이냐고 물었다.

"갈수록 무겁습니다."

"누구나 이 세상에 올 때 빈 바구니를 지고 옵니다. 그리고 앞으로 한 걸음씩 나아갈 때마다 뭔가를 주워서 자꾸 바구니에 집어넣습니다. 그러니 인생길을 걸어갈수록 바구니는 무거워지고, 어깨를 압박하는 무게로 인해 점점 피곤함을 느끼는 것이죠."

"그렇다면 삶의 짐을 덜어낼 수 있는 좋은 방법이 있습니까?"

그러자 현인이 반문했다.

"당신은 지금의 명성, 재산, 가정, 사업, 친구들을 모두 꺼내서 버리기 원합니까?"

남자는 아무런 대꾸도 없었다.

"사람들의 바구니에 담긴 것은 모두 스스로가 이 세상에서 건져 올린 것들입니다. 일단 소유했고, 그것들을 버릴 생각이 없으시다면 끝까지 책임을 지셔야지요."

생각이 꼬리를 물다

살아가면서 부담이 자꾸 늘어나는 이유는 그동안 얻은 게 많고, 앞으로 얻고 싶은 건 더 많기 때문이다. 지금 가진 것들을 잃고 싶지 않다면, 혹은 앞으로 더욱 많은 것들을 건져 올리고 싶다면 이미 얻은 것, 그리고 앞으로 얻을 것에 대해 확실히 책임져야 한다. 아무리 무거워도 종착지까지 짊어지고 가야 할 짐이라면 잃어버리지 않게 잘 챙기는 수밖에 없다.

열 살 때 어머니를 여읜 남자가 있었다. 어머니의 빈자리도 컸지만 기관사인 아버지마저 집을 자주 비우자 그는 집안일을 홀로 감당하며 외롭게 지내야 했다. 7년 후 아버지마저 자동차 사고로 세상을 뜨자, 그는 스스로 생계를 책임져야 하는 의지할 곳 없는 신세가 되었다.

스무 살 때도 그에게 불행은 어김없이 찾아왔다. 건설 현장에서 일하다가 발을 헛디뎌 실족 사고를 당한 것이었다. 그 사고로 왼쪽 다리를 잃은 그는 어떻게든 살기 위해 목발을 짚고 걷는 연습을 했다. 힘들어도 절대 다른 사람들에게 도움을 구하지 않았다.

후에 적금을 털어 양어장을 차렸지만 하늘은 이번에도 그를 도와주지 않았다. 갑자기 찾아온 홍수가 그의 땀과 희망이 고스란히 담긴 양어장을 쑥대밭으로 만들어놓았다.

참다못한 그는 마침내 하느님을 찾아가 원망했다.

"당신은 어째서 유독 저에게만 이리도 매정하고 불공평하게 대하십니까?"

하느님이 그에게 반문했다.

"어째서 내가 너를 불공평하게 대했다고 생각하느냐?"

남자는 그간 자신에게 닥쳐왔던 불행들을 낱낱이 설명했다.

"오! 그랬구나. 정말 비운의 주인공이로구나. 그런데 왜 여태까지 살아 있는 것이냐?"

젊은이는 화가 단단히 난 듯했다.

"저는 절대 죽을 수 없습니다. 이제껏 그렇게 많은 불운을 겪었지만 한 번도 두려워하거나 주눅 들어본 적이 없습니다. 언젠가 저에게도 행복한 날이 올 테니까요."

그러자 하느님이 빙그레 웃더니 지옥의 문을 열어 한 남자의 영혼을 가리키며 말했다.

"생전에 저자의 삶은 자네에 비하면 행운으로 넘쳤지. 노년까지도 굴곡 없이 순탄한 삶을 살았으니까. 그런데 자네와 마찬가지로 지난번 홍수 때문에 가졌던 모든 재산을 잃게 되었지. 자네가 꿋꿋이 버텨 낸 것과 달리 저자는 스스로 목숨을 포기했어. 이것이 바로 자네가 가진 행운이라네."

생각이 꼬리를 물다

행복과 불행 사이에는 뚜렷한 경계선이 그어져 있지 않다. 다만 문제를 어떻게 바라보느냐에 따라 모든 것이 결정된다. 사실 불행을 그때그때 털어내고 삶을 견디는 것 자체가 커다란 행운이다. 살아 있는 한 적어도 행복이 내게 귀속될 날이 올 거라는 희망이 존재하기 때문이다.

한 옷가게 상인이 경기 불황으로 손님들의 발길이 끊기자 온종일 우울해했다. 심지어 밤만 되면 불면증에 시달릴 정도였다.

요 며칠 울상인 남편을 보다 못한 상인의 아내가 정신과 의사를 한 번 찾아가 보라고 권했다.

의사는 상인의 두 눈에 핏발이 가득 서 있는 것을 보더니 물었다.

"어떠세요? 불면증 때문에 고생하진 않으십니까?"

"당연히 고생하죠."

그러자 의사가 설명했다.

"별로 대단한 병은 아닙니다. 잠이 안 오면 양을 세어보세요."

상인은 일단 고맙다는 인사를 하고 집으로 돌아왔다.

일주일 후 그는 다시 정신과 의사를 찾아갔다. 그의 증세는 일주일 전보다 훨씬 심각했다. 눈은 빨갛게 충혈되어 부어올랐고, 몸도 축축 늘어졌다.

의사는 진찰을 하더니 깜짝 놀라 물었다.

"제 말씀대로 했습니까?"

상인은 억울한 듯 대답했다.

"당연하죠. 삼만 마리까지 셌다고요!"

"그렇게 많이 세고도 잠이 전혀 안 오던가요?"

"졸려서 혼났죠. 그런데 양 삼만 마리면 양털이 얼마나 많겠어요? 양털을 다 깎지 않고는 도저히 편히 잘 수 없겠더라고요."

"그럼 양털을 다 깎고 나서는 잠이 들었나요?"

상인은 휴 하고 한숨을 내쉬며 말했다.

"아뇨. 골치 아픈 문제가 생겼거든요. 그 많은 양털로 만든 털옷들을 누가 다 사 갈지 생각하니 도무지 잠이 와야 말이죠."

생각이 꼬리를 물다

모든 일을 신중하게 생각하는 것은 바람직한 자세다. 그러나 간혹 생각이 지나치게 신중해져 끊임없는 부담과 스트레스로 굳어지는 경우가 있다. 그러다가는 하루도 고민이 끊일 날이 없다. 자질구레한 생각에 얽매이지 마라. 신중한 것은 좋으나 궤도를 이탈한 지나친 사색은 지양하라. 이것이 곧 마음의 평정과 여유를 되찾는 길이다.

빌은 일하던 중 기계 오작동으로 사고를 당해 오른쪽 눈을 다쳤다. 바로 병원으로 실려갔지만 손상 정도가 심해 오른쪽 눈은 결국 실명되고 말았다. 매사 낙천적이었던 빌은 사고에 따른 충격으로 입을 거의 열지 않았다. 사람들이 힐끔힐끔 자신의 눈을 쳐다보는 것 같아 외출하는 것도 꺼렸다.

그의 병가가 길어지면서 아내 테스가 가정의 생계를 떠안아야 했다. 하지만 그녀는 싫은 내색 한 번 하지 않았다. 자신의 가정과 남편을 사랑했기 때문이다.

테스는 남편의 아픈 상처가 언젠가 아물 것이라고 믿었다. 시간이 해결해줄 거라고. 그러나 설상가상으로 빌의 왼쪽 눈의 시력마저 희미해져가고 있었다.

햇살이 반짝이는 어느 날 아침이었다. 그가 아내에게 정원에서 공을 차며 놀고 있는 사람이 누구냐고 물었다. 가슴이 철렁 내려앉은 테스는 정원에서 놀고 있는 아들과 남편을 번갈아가며 안쓰럽게 바라보았다.

예전에는 아들이 아무리 먼 곳에서 놀고 있어도 한눈에 알아보던 그였다. 테스는 아무 말 없이 남편 곁으로 다가가 그의 머리를 꼭 안아주었다.

빌은 체념한 듯 입을 열었다.

"여보, 이제 세상이 까맣게 보일 것 같아."

테스의 뺨을 따라 굵은 눈물 한 줄기가 흘러내렸다. 사실 테스도 이미 예상한 일이었다. 의사가 마음의 준비를 하라고 했지만 남편이 충격을 받을까봐 끝내 알리지 않았던 것이다.

테스는 남편의 두 눈에서 빛이 사라지기 전에 아름다운 모습만을 담아주고 싶었다. 그래서 매일 곱게 화장을 했고, 마음이 아무리 찢어져도 빌 앞에서는 웃으려고 애를 썼다.

며칠 후 그녀는 집 안의 가구와 내벽을 새로 칠하기 위해 미장공을 불렀다. 빌의 기억 속에 항상 깔끔한 새집의 이미지를 남겨주고 싶어서였다.

한쪽 팔이 없는 미장공은 매일 휘파람까지 불며 신나게 일했다.

집 안을 새로 단장하는 데 1주일이 걸렸다. 그러는 사이 미장공도 빌의 사정을 알게 되었다.

일을 마친 미장공은 빌에게 머쓱한 듯 말했다.

"죄송합니다. 작업하는 데 너무 오래 걸렸지요?"

빌이 대답했다.

"아닙니다. 당신이 매일 너무나 즐겁게 일하셔서 저도 덩달아 즐거

웠습니다."

작업비를 정산할 때 미장공은 당초 약속된 금액에서 100달러를 덜어서 그들에게 돌려주었다.

테스와 빌이 의아한 표정으로 말했다.

"더 받으셔야 맞는데요."

그러자 미장공이 웃으며 대답했다.

"충분히 받았습니다. 이제 곧 실명될 것을 알면서도 그렇게 편안하고 담담하게 현실을 받아들이시다니, 당신 덕분에 진정한 용기가 뭔지 알게 됐습니다."

하지만 빌은 한사코 미장공에게 100달러를 얹어주며 말했다.

"오히려 제가 더 많은 걸 배웠습니다. 당신을 보면서 '장애인도 저렇게 즐겁게 일하며 살 수 있구나'라는 생각이 들었으니까요. 당신과 함께 있으면서 신체적 장애가 결코 행복을 가로막을 수 없다는 걸 진정으로 깨달았습니다."

좌절과 불행을 만났다고 삶에 대한 믿음까지 버려서는 안 된다. 자포자기는 더더욱 어리석은 선택이다. 행복은 주문하고 가만히 앉아 있으면 누가 차려주는 것이 아니라 철저한 셀프서비스 방식으로 얻는 것이다. 어떠한 상황에서도 긍정적이고 낙관적인 마음으로 기름칠을 해야 삶이 녹슬지 않는다. 힘들어도 포기하지 말고 스스로 행복을 만들어나가라.

욕망과 돈의
노예가 되지 마라

욕망과 돈은 삶에 꼭 필요한 윤활유다. 하지만 삶의 목적이 욕망과 물질에 치우쳐서는

안 된다. 돈에 휘둘리는 노예가 되지 마라. 우리는 얼마든지 욕망과 돈의 주인이 될 수

있다. 끓어오르는 욕망을 자제하고, 돈을 벌고 쓸 때는 냉정하고 합리적인 자세를 유

지하라.

흑곰, 이리, 여우는 의기투합하여 틈만 나면 양 떼들을 습격했다. 늘 위험에 노출되어 있던 양 떼들은 하루도 편할 날이 없었다.

참다못해 양 떼를 이끄는 우두머리 양은 모든 방법을 동원해 침입자들에 대응하기로 했다. 일단 양들은 어떻게든 그들 사이를 이간질해 보려고 했지만 워낙 똘똘 뭉친 그들을 떼어내기란 쉽지 않았다.

얼마 후 우두머리 양이 죽었다. 죽기 전에 그는 젊고 똑똑한 양에게 수장의 자리를 물려주었다. 그런데 이 양은 바로 후계자에 오르지 않고, 대신 놀랄 만한 폭탄선언을 했다.

"흑곰이나 이리, 여우 중 하나를 우리 양 떼의 수장으로 세웁시다!"

양들이 한사코 반대했지만 이 젊은 양은 자신의 주장을 기어이 관철시켰다.

그는 다른 양을 시켜 자신의 결정을 흑곰과 이리, 여우에게 전달했다. 소식을 들은 그들은 누가 먼저랄 것도 없이 기대에 부풀어 온종일 달떠 있었다. 양 떼의 우두머리가 된다는 것은 양 떼의 지휘권을 얻는 것이니 그들에게 그보다 더 탐나는 조건은 없었다. 그러나 문제는 셋 중에 누가 우두머리가 되느냐는 것이었다.

흑곰은 마음속으로 생각했다.

'이 중에서 힘이 가장 센 건 나야. 그동안 뿌린 공이 있으니 양의 수장은 반드시 내가 되어야 해.'

이리도 흑심을 품긴 마찬가지였다.

'우리들 중 포악하기로 따지면 나를 따를 자가 없지. 양들을 물어뜯어 죽이는 건 거의 내 몫이었으니 나의 공이 가장 커. 수장은 내가 차지해야 해.'

여우도 속으로 이리저리 계산기를 두드리고 있었다.

'이 중에서 내가 가장 영리해. 좋은 아이디어와 계책들은 다 내 머릿속에서 나왔잖아? 내 역할이 가장 컸으니 나야말로 수장감이야.'

그들은 양의 수장 자리를 놓고 은밀한 기 싸움을 벌였다. 누구도 물러설 기미를 보이지 않자 점차 그들 사이가 벌어지기 시작했다.

흑곰은 힘으로 이리와 여우를 제거하기 위해 살기를 품고 달려들었다. 그는 이리가 무방비한 틈을 타 이리의 목을 단숨에 물어뜯어 해치웠다. 다음은 여우 차례였다. 그러나 흑곰의 음모를 미리 눈치 챈 여우는 미리 철저하게 대비해놓은 상태였다. 게다가 여우 역시 흑곰을 제거할 방법을 찾느라 머리를 굴리고 있었다.

그러던 어느 날 여우에게 좋은 생각이 떠올랐는데, 바로 사냥꾼이 나뭇가지를 덮어 숨겨놓은 함정을 활용하는 것이었다. 여우는 함정이 있는 자리 위에 누워서 잠자는 척을 했다. 몸이 워낙 가벼워 함정 아래로 빠질 염려가 없었기 때문이다. 흑곰은 여우를 덮칠 절호의 기회라 생각하고 여우를 향해 돌진했다. 바로 그때 여우가 잽싸게 몸을 피했고, 흑곰은 함정 아래로 곤두박질쳤다. 이제 남은 건 여우 하나였다. 그러나 흑곰과 이리가 없는 여우는 '이빨 빠진 호랑이'처럼 무기력할 뿐이었다.

그제야 양들은 젊은 양의 의중을 헤아리고 고개를 끄덕거렸다.

생각이 꼬리를 물다

누구나 권력에 대한 욕망은 있다. 때로 이러한 욕망은 긍정적인 자극제가 되기도 한다. 하지만 이러한 권력을 향한 욕망은 종종 머리를 흐려놓고, 심지어 인간의 본성마저 파괴하는 함정으로 연결될 수 있다. 예컨대 탐욕스런 관리는 결국 민심의 외면을 받고 낙선하게 되어 있다. 지나친 권력욕은 당신을 해치는 덫임을 잊지 마라.

돈의
주인이 되어라

한 신도가 묵선 선사에게 물었다.

"제 아내는 욕심이 많고 인색해서 좋은 일이라 한들 한 푼도 베풀려고 하지 않습니다. 선사님께서 제 아내를 좀 일깨워 주실 수 있나요?"

화통하고 시원시원한 성격이었던 묵선 선사는 흔쾌히 그러마고 약속했다.

묵선 선사가 그의 집에 도착하자 신도의 아내가 나와 반겨주었다. 그러나 자리에 앉아 한참이 지났는데도 차 한 잔 대접하지 않고 가만히 있는 게 아닌가. 이에 묵선은 한쪽 손에 주먹을 꽉 쥔 채 물었다.

"부인, 제 손을 좀 보세요. 매일 이 모양이랍니다. 이를 어떻게 보십니까?"

부인이 대답했다.

"손이 매일 그 상태라면 문제가 있는 거지요. 기형이 아닙니까?"

묵선 선사는 대번에 맞장구를 쳤다.

"맞습니다. 분명 기형이지요."

그러면서 이번에는 손바닥이 훤히 드러나도록 손을 활짝 펼치며 물었다.

"만약 손이 매일 이런 상태라고 하면요?"

"그것 역시 기형이지요."

묵선 선사는 때를 놓치지 않고 말했다.

"그렇습니다, 부인! 이 두 가지가 모두 기형입니다. 돈을 취할 줄만 알고 베풀 줄 모르는 것도 기형이며, 쓸 줄만 알고 저축할 줄 모르는 것 또한 기형입니다. 돈은 들고 나는 균형적인 움직임이 있어야 합니다. 가만히 고여 있어도 안 되고, 너무 한꺼번에 밖으로 흘러넘쳐도 안 되지요."

묵선 선사가 주먹을 쥔 것은 지나친 인색함을, 손바닥을 활짝 편 것은 무분별한 지출을 비유한 것이었다. 신도의 아내는 묵선 선사의 말에 비로소 깨달음을 얻었다.

생각이 꼬리를 물다

돈을 과다하게 남용하거나 지나치게 아끼는 것은 모두 돈에 예속된 행동이다. 금전 앞에 당당한 주인이 되어야 한다. 돈은 정당한 방법으로 벌어들이고, 의미 있는 일에 사용되어야 한다. 어떠한 상황에서든 돈의 하인이 되지 말고, 주인이 되어라.

탐욕은
사지로 몰아넣는 독약이다

두 친구가 숲 속을 산책하고 있었다. 이때 한 스님이 잔뜩 사색이 된 채 숲 속에서 뛰쳐나왔다.

두 사람은 스님을 붙잡고 물었다.

"왜 이렇게 허둥대십니까? 무슨 일이라도 있나요?"

스님이 불안한 목소리로 대답했다.

"작은 나무를 옮겨 심다가 황금이 든 단지 하나를 발견했다오."

두 사람은 황당해하며 나직하게 속삭였다.

"아니, 저 스님 바보 아냐? 황금을 캐냈다니 그만한 횡재가 어디 있다고. 저렇게 혼비백산 도망을 가다니 이해할 수가 없군."

그들은 허둥지둥 달려가는 스님을 향해 소리쳐 물었다.

"스님, 어디서 발견했는지 알려주세요. 저희는 무섭지 않아요."

그러자 스님이 말렸다.

“안 가시는 게 좋을 거요. 사람까지 잡아먹는 끔찍한 놈이니.”

두 친구는 이구동성으로 말했다.

“저희는 하나도 겁나지 않으니 황금이 어디 있는지 알려주세요.”

스님은 그들에게 구체적인 장소를 알려주었다. 과연 스님이 알려준 장소에 가니 커다란 황금 단지 하나가 있었다.

한 친구가 제안했다.

“지금 황금을 운반하면 위험하니까 해가 지면 그때 이동하자고. 이렇게 하는 게 어때? 내가 이곳을 지키고 있을 테니 자네는 내려가서 먹을 것 좀 가져오게. 여기서 저녁을 해결하고 밤이 깊으면 함께 내려가세.”

그래서 다른 한 친구는 음식을 챙기러 돌아갔다.

산에 남아 있던 친구는 은밀히 생각했다.

‘이 황금이 전부 내 것이라면 얼마나 좋을까. 녀석이 돌아오면 한 방에 해치우고 내가 다 가져야겠어.’

반면 집으로 돌아간 친구도 욕심이 발동했다.

‘일단 나 먼저 요기를 좀 하고, 그 자식 도시락에는 독약을 섞어놔야겠다. 그러면 거기 있는 황금은 모두 내 차지겠지?’

하산했던 친구가 도시락을 들고 숲으로 돌아온 순간, 숲 속에서 기다리던 다른 친구가 뒤에서 다가가 몽둥이로 그를 힘껏 내리쳤다. 욕심에 눈이 멀어 살인까지 저지른 그는 허기가 져 있던 참이라 친구가 싸온 도시락을 게걸스럽게 먹어치웠다. 그러나 얼마 후 배가 뒤틀리는 것처럼 고통스러웠다. 독약의 기운이 퍼지고 있었던 것이다. 죽음을 앞두고서야 그는 스님의 말을 절실히 깨달았다.

“스님의 말이 틀림없구나. 왜 진작 그 말뜻을 알아듣지 못했을까?”

탐욕은 인간의 이성을 마비시켜 죄악의 깊은 수렁으로 빠뜨린다. 사람들끼리 서로 헐뜯고 속이게 만드는가 하면, 심지어 친한 친구 사이도 견원지간으로 변질시키는 흉악범이다. 그러므로 선을 넘는 과도한 욕망에 휘둘리지 마라. 탐욕의 머리 위에는 강한 위력의 독침이 돋아 있다. 가까이 다가갔다가 그 맹독에 옮으면 당신의 삶은 더없이 위태로워질 것이다.

피터와 로웰이라는 두 젊은이가 함께 일자리를 구하러 나섰다. 그들은 성공을 희망하며 자신들의 꿈을 펼칠 공간을 찾고 있었다.

어느 날 그들은 거리를 걷다가 바닥에 떨어진 동전 하나를 동시에 발견했다. 피터는 동전을 보고도 못 본 척 그냥 지나갔지만, 로웰은 호들갑을 떨며 그것을 주웠다.

피터는 로웰의 행동을 속으로 비웃었다.

‘저런 하찮은 동전에 연연하다니. 싹수없는 놈.’

반면 로웰은 앞서 가는 피터를 보며 생각했다.

‘동전을 보고도 무시하고 그냥 지나치다니. 말도 안 돼.’

과연 누구의 선택이 옳은 것일까?

얼마 후 두 사람은 같은 회사에 입사했다. 그러나 피터는 중소기업인 데다 일이 고되고 월급도 낮다는 이유로 미련 없이 회사 문을 박차고 나왔다. 그러나 로웰은 회사에 남아서 즐겁게 일했다.

2년 후 두 사람은 우연히 길거리에서 만났다. 로웰은 이미 작은 회사의 사장이 되어 있었고, 피터는 아직도 일터를 전전하고 있었다.

피터가 의아한 표정으로 물었다.

"자네, 어떻게 이렇게 빨리 부자가 된 건가?"

"자네처럼 고고한 신사인 양 동전 하나라고 그냥 지나치지 않았거든. 난 푼돈 하나도 허투루 보지 않아. 동전을 우습게 여기는 사람이 어떻게 큰돈을 모으겠나?"

피터는 돈에 관심이 없어서 부자가 되지 못한 것이 아니다. 늘 큰돈을 벌겠다고 헛물을 켜면서 적은 액수의 돈을 무시했기 때문에 목돈이 모이지 않았던 것이다.

생각이 꼬리를 물다

목돈은 푼돈 하나에서 시작된다. 성공한 부자들은 액수가 적은 돈이라 해서 홀대하지 않는다. 성공이라는 동그라미는 원래 깨알 같은 점들이 모여서 만들어진다. 작은 것을 아끼는 마음이 없으면 더 많은 부를 창출할 수 없다. 소소한 과정을 생략하고 대번에 '대어'를 낚겠다고 욕심을 부리면, 원래 들어오려던 돈마저 고개를 돌려 당신을 외면할 것이다.

돈벌이를 의무가 아닌 게임으로 즐겨라

유명한 금융 재벌가 J.P.모건은 돈벌이와 재테크의 달인이었다. 거의 광적으로 돈을 벌어들였다고 해도 과언이 아니다.

매일 해질 무렵이면 그는 가판대에서 주식시세 정보가 실린 석간신문을 사들고 귀가했다. 친구들이 저녁 시간을 어떻게 즐겨볼까 고민하고 있을 때, 그는 집으로 곧장 돌아가 신문을 꼼꼼히 읽었다. 그는 "어떤 이들은 야구나 축구에 열광하지만, 나는 돈 버는 방법을 연구하는 데 열광한다"라고 했다.

투자에 대해서 그는 이렇게 생각을 정리했다.

"포커 게임을 할 때는 먼저 게이머들을 상대로 진지한 탐색전을 펼쳐라. 그리고 빠른 시간 내에 쓰리카드를 들고 있는 '봉'을 찾아내야 한다. 만일 누가 '봉'인지 찾을 수 없다면 당신 자신이 그 포커 판의 '봉'이다."

그는 원하지 않는 일에 함부로 돈을 쓴 적이 없었다. 오로지 돈을 어떻게 벌어들이고, 어떻게 굴릴지에만 관심을 집중하고 있었다.

누군가 그에게 농담조로 물었다.

"모건, 백만장자가 된 소감이 어떤가?"

"돈으로 살 수만 있다면 나는 이제 원하는 것은 뭐든지 살 수 있다네. 다른 사람들이 꿈에서 그리는 것들, 이를테면 고급 자동차, 명화, 호화 주택도 거뜬히 손에 넣을 수 있지. 하지만 솔직히 그런 무의미한 곳에 돈을 쓰고 싶진 않네."

그는 돈만을 위해 살아가는 사람이 아니었다. 게다가 돈으로 자신의 삶을 치장하지도 않았다. 단지 돈 버는 과정의 게임 같은 짜릿함을 좋아했을 뿐이다. 자금을 투자한 후 요리조리 머리를 굴리고, 돈을 몇 배로 불려 회수하는 과정 자체를 즐긴 것이다. 물론 수많은 모험과 불안을 감수해야 하지만, 그에게 돈벌이는 도전 정신을 자극하는 스릴 만점의 게임이었다. 모건은 이렇게 말한다.

"나에게 돈 자체는 그리 중요한 것이 아니다. 돈을 버는 과정, 즉 끊임없이 도전을 받아들이는 과정이야말로 커다란 즐거움이다. 돈은 누군가에게 요구할 것이 아니라 스스로 벌어야 한다. 나는 내 힘으로 돈을 불렸을 때 가장 큰 희열을 느낀다."

생각이 **꼬리**를 **물다**

돈벌이를 고된 막일로 보지 말고, 신선하고 흥미진진한 게임으로 보고 즐겨라. 돈을 벌고자 하는 것은 게임장에 입장하는 것과 같다. 당신은 게임의 참여자로서 끊임없는 힘겨루기와 두뇌 싸움으로 상대와 각축을 벌여야 한다. 최선을 다해 경쟁자들을 누르고, 선두로 나서야 최후의 승리자가 될 수 있다. 이 게임의 승부수는 스스로가 던지는 것이다.

칸은 백화점 입구에 서서 쇼윈도에 진열된 물건들을 구경하는 데 정신이 팔려 있었다. 이때 시가를 입에 문 말쑥한 차림의 한 신사가 그의 앞으로 지나갔다.

칸은 그를 따라가 공손하게 물었다.

"시가 향이 참 좋습니다. 분명 아주 비싼 것이겠죠?"

"한 개비에 이 달러입니다."

"대단하군요. 그럼 하루에 몇 개비나 피우십니까?"

"열 개비 정도 될 겁니다."

"세상에! 담배 피운 지는 얼마나 되셨습니까?"

"사십 년 전부터 줄곧 피웠지요."

"뭐라고요? 한번 계산해보십시오. 그 담배 살 돈으로 저금을 했더라면 아마 이런 백화점 하나는 샀을 겁니다."

"그러는 당신은 담배를 안 피우십니까?"

"물론이죠. 피우지 않습니다."

"그럼, 이런 백화점을 소유하고 계십니까?"

"아니요."

"그런데 이를 어쩌죠? 이 백화점은 바로 제 것인데요."

가난한 사람들이 가난의 악순환을 반복하는 이유 중 하나는 애써 번 돈을 저금통 속에만 고스란히 쌓아두기 때문이다. 반면 부자들은 돈이 생기면 그것을 가만히 두지 않고 어떻게 활용할지부터 생각한다. 부자들은 저금통이 없다. 그들이 갈수록 부유해질 수밖에 없는 이유는 돈을 저금의 대상이 아닌 투자의 수단으로 보기 때문이다.

안일함을 버려야
날개를 펼칠 공간이 생긴다

전자공학을 전공하던 한 대학생이 졸업과 동시에 한 정부기관에 배정되었다. 그곳은 구직자들이라면 누구나 선호하는 직장이었다. 일 자체가 단조롭고 쉬워서 마음 편하게 오래 다닐 수 있었기 때문이다.

그러나 얼마 안 가 젊은이는 점점 의욕을 잃고 매너리즘에 빠졌다. 전공과 전혀 무관하게 단순노동만 계속 반복되는 일상을 그는 견딜 수 없었다. 전공 지식들이 제대로 활용되지도 못한 채 무용지물이 되어가는 것도 싫었다. 마음 같아서는 당장이라도 그만두고 좀더 도전적인 일을 하고 싶었지만 한편으로는 지금의 안정된 '철밥통' 직장을 놓치기 아쉬웠다. 아무리 고심해도 답이 나오지 않자 그는 결국 아버지에게 자신의 고민을 털어놨다.

아버지는 잠시 생각하더니 아들에게 이야기 하나를 들려주었다.

옛날 한 노인이 산에서 나무를 하다가 이상하게 생긴 작은 새 한 마리를 발견했다. 이 새는 갓 태어난 병아리처럼 몸집이 작아서 제대로 날지도 못했다. 노인은 새를 집으로 데려와 손자에게 가지고 놀도록 했다. 장난기가 심한 손자는 그 새를 병아리들 사이에 섞어놓았다. 암탉은 닭장에 찾아온 이 불청객의 존재를 알아채지 못했다. 그래서 이 못생긴 새는 병아리들 틈에서 암탉의 정성스런 보살핌을 받으며 쑥쑥 자랐다.

그런데 커갈수록 이 새는 우락부락한 생김새를 드러내며 닭들과는 사뭇 다른 모습을 보였다. 후에 마을 사람들은 이 새가 독수리였음을 알아차렸다. 그들은 독수리가 더 자라면 닭들을 먹어치우지는 않을까 걱정했다. 그러나 그것은 기우였다. 독수리는 닭들에 비해 발육 상태가 유난히 좋았지만 닭들과 스스럼없이 잘 어울려 지냈다. 간혹 독수리가 거부할 수 없는 본능으로 하늘을 날아다니다가 다시 지면으로 활강할 때 닭들이 본능적으로 놀라 피하는 게 전부였다.

시간이 흐르면서 마을 사람들은 독수리와 닭들의 동거를 탐탁지 않게 여기기 시작했다. 행여 어느 집 닭이 사라지기라도 하면 제일 먼저 독수리에게 의심의 눈초리를 돌렸다. 아무리 온순해도 독수리는 독수리인지라 언제 닭을 잡아먹는 본능이 발동될지 모를 일이었다. 불만 가득한 사람들은 노인의 가족들을 찾아와 다그쳤다.

"저 독수리를 죽이든가 숲에 가서 놓아주든가, 양단 중에 결정을 내리시오."

그동안 독수리에게 정이 들어버린 노인의 가족들은 차마 죽이지는 못하고, 그를 자연으로 돌려보내기로 결정했다.

하지만 갖가지 방법을 총동원해도 독수리를 자연으로 돌려보내기는 쉽지 않았다. 멀리 산속에 놓아두고 와도 며칠 후면 다시 집으로 쪼르르 날아왔다. 심지어 만신창이가 되도록 때려서 쫓아 보내기도 했지만 아무 소용이 없었다.

이를 본 마을의 한 노인이 그들을 찾아와 말했다.

"독수리를 나에게 주시오. 내가 독수리를 하늘로 돌려보내겠소."

노인은 독수리를 가파르고 험준한 절벽으로 데리고 가, 마치 돌멩이를 던지듯 까마득한 절벽 아래로 힘껏 던졌다. 독수리는 아래로, 점점 아래로 힘없이 떨어져 내려갔다. 그러나 아득한 바닥에 가까워지는 순간 멈칫하더니 두 날개를 활짝 펼치는 것이 아닌가. 독수리는 천천히 날갯짓을 시작하더니, 창공을 향해 힘차게 비상했다. 독수리의 날갯짓은 갈수록 자연스럽고 의젓해졌다. 파란 하늘을 제집처럼 활보하던 독수리는 점점 더 높이, 점점 더 멀리 날아올라 어느새 사람들의 시야에서 사라졌다. 닭장과 사람들의 품을 벗어나 더 넓은 무대로 훨훨 날아간 것이다.

아버지의 이야기에 젊은이는 마음을 확실히 굳혔다. 그는 다음 날 사직서를 제출하고 자신이 하고 싶은 사업에 과감하게 뛰어들었다.

지금 쥐고 있는 것들을 차마 냉정하게 버리지 못하고 더욱 세게 움켜쥐는 사람들이 있다. 또한 편하고 안정된 현재의 삶에 미련이 남아 늘 제자리에서만 맴도는 이들도 있다. 그것이 현재 당신의 모습은 아닌지 돌아보라. 인생의 터닝포인트를 발견하고 싶다면 결정적인 순간에 스스로를 삶의 절벽으로 몰고 갈 줄도 알아야 한다. 절벽 앞에 선다는 것은 곧 자기 앞에 펼쳐질 광활한 쪽빛 하늘의 예고편이다.

눈앞의 이익 때문에
원대한 꿈을 포기하지 마라

리키 헨리의 집은 가난하기는 했지만 단란하고 행복했다. 밝고 쾌활한 성격이었던 그는 운동선수가 되겠다는 꿈을 키워오고 있었다.

열여섯 살 때 그는 야구공을 찌그러뜨릴 정도의 강한 타구력을 갖추고 시간당 140km에 달하는 속구를 던져 장차 크게 될 야구선수의 자질을 보였다. 감독인 제르비스는 헨리를 '될성부른 싹'으로 점찍어 두었다. 그는 헨리에게 '꿈과 확신만 있으면 언젠가 삶을 바꿀 수 있다'는 사실을 깨닫게 해주고 싶었다.

어느 해 여름방학 때 한 친구가 헨리에게 아르바이트 자리를 소개해주었다. 헨리에게 아르바이트는 곧 주머니에 돈이 생긴다는 의미였다. 돈이 있으면 여자친구와 데이트를 할 수 있고, 새 자전거와 옷을 사 입을 수도 있으며, 어머니의 집값 마련에 보탬이 될 수도 있었다. 아르바이트는 그에게 여러모로 매력적이었다.

그러나 아르바이트를 하려면 방학 동안의 야구 연습을 포기해야 했다. 그는 감독을 찾아가 연습에서 빠지겠다는 뜻을 내비쳤다. 감독은 예상했던 대로 불호령을 내렸다.

"앞으로 일할 기회는 무궁무진하다. 하지만 네가 연습할 수 있는 날은 정해져 있어. 주어진 시간들을 절대 낭비하지 마라."

헨리는 고개를 푹 숙인 채 최대한 사정을 했다. 집값을 보태기 위해서라도 돈을 벌어야 한다고 자초지종을 설명했다. 설령 감독님을 실망시키더라도 그로서는 그게 더 의미 있고 가치 있는 일이라고 생각했던 것이다. 감독이 물었다.

"그 일을 하면 얼마나 벌수 있나?"

"한 시간에 삼 달러 이십오 센트요."

"네 꿈의 가치가 고작 한 시간에 삼 달러 이십오 센트밖에 안 되니?"

순간 눈앞의 이익과 먼 미래의 목표 사이에서 갈등하던 그의 고민에 명쾌하게 마침표가 찍혔다. 그해 여름방학 내내 헨리는 연습에 전력투구했고, 같은 해 피츠버그 파이리츠 팀에 연봉 2만 달러에 스카우트되었다. 이후 그는 애리조나 주 주립 대학에서 지원하는 장학금을 받고 미식축구에 입문해 최고의 수비수로 이름을 날렸다.

1984년, 헨리는 덴버 브롱코스 팀과 연봉 170만 달러에 입단 계약을 맺었다. 이로써 어머니에게 집을 사드리고 싶다는 꿈도 실현하였다.

생각이 꼬리를 물다

목전의 이익도 물론 중요하지만 더욱 중요한 것은 장기적인 이익이다. 꿈을 가졌다면 최선을 다해 꿈을 향해 달려가라. 가는 길에 당장은 소소한 이익들이 눈에 밟힌다 하더라도 절대 소중한 꿈을 포기하지 마라. 그렇지 않으면 당신은 늘 작은 그릇에 머물고 말 것이다.

두뇌를
최대한 활용하라

우리의 사고 활동은 모두 두뇌에서 시작된다. 두뇌는 인간의 가장 소중한 자원이다.

두뇌의 활동량을 최대화하면 무한한 부를 창출할 수 있다. 무슨 일이든 고정관념을 깨

고 적극적으로 사고하는 습관을 길러보자. 그러면 아무리 복잡하게 얽힌 난제들도 술

술 풀린다.

작곡가 모차르트는 학생 시절에 스승인 하이든과 내기를 한 적이 있었다. 그는 자신이 곡을 쓰면 스승인 하이든이라도 그것을 연주할 수 없을 거라고 호언장담했다.

감히 그런 얼토당토않은 도전을 하다니! 음악계에서 이미 확고한 명성을 가진 하이든은 이 말을 쉽사리 용납할 수 없었다.

스승의 의심스런 표정을 본 모차르트는 그 자리에서 단숨에 곡을 써서 하이든에게 넘겨주었다.

하이든은 악보를 자세히 보지도 않고 여유를 부리며 피아노 앞에 앉아 연주하기 시작했다. 하지만 얼마 못 가 건반 위에서 손을 멈추고 말았다. 그는 소스라치게 놀라며 소리쳤다.

"이게 뭔가? 양쪽에서 두 손으로 연주하는 와중에 어떻게 건반 중간에 위치한 음표를 칠 수 있겠는가?"

하이든은 나름대로 기교를 부리며 몇 번이고 연주를 해보려 애쓰다
가 결국 체념한 듯 말했다.

"별 이상한 곡을 다 보겠군. 이 곡을 연주할 수 있는 사람은 아무도
없을 걸세."

하이든은 대번에 연주 불가능한 곡이라고 단정해버렸다.

그러자 모차르트가 미소를 지으며 피아노 앞에 앉아 능숙하게 연주
를 시작했다. 하이든은 '제3의 손'이 필요한 기상천외한 곡을 제자가
어떻게 연주해낼지 숨죽인 채 지켜봤다.

놀랍게도 모차르트는 그 특별한 음표가 나오는 대목에서 태연하게
앞으로 몸을 숙이더니 코로 건반을 눌러 소리를 냈다.

하이든은 제자의 놀라운 임기응변 능력에 감탄을 금치 못했다.

생각이 꼬리를 물다

조금만 유연하게 생각하면 '불가능'이 '가능'으로 변하는 경우가 종종 있다. 성공학의 관점
에서 보면 이 세상에 실현하지 못할 일은 없다. 유연한 사고방식을 배우면 당신은 보다
감동적인 삶의 음악을 연주해낼 수 있을 것이다.

고정관념의 족쇄를 탈피해야
마음의 문이 열린다

희대의 마술사 후디니Houdini는 탈출묘기의 일인자였다. 아무리 복잡한 수갑이나 족쇄를 채워도 단 한 번의 실수 없이 손쉽게 끌러냈다.

그는 어떠한 족쇄를 채우더라도 60분 내에 탈출하겠다는 야심만만한 목표를 세웠다. 단, 특수 제작된 옷을 입어야 하며, 옆에서 구경하는 사람이 없어야 한다는 조건이었다.

영국 시골 출신의 한 남자가 후디니를 골탕 먹일 작정을 하고 도전장을 내밀었다. 그는 단단한 쇠창살로 된 감옥을 손수 만들어 복잡하게 엉켜 있는 족쇄를 채운 뒤 후디니에게 그곳을 탈출할 수 있겠는지 물었다.

후디니는 도전을 받아들였다. 그는 특수 제작된 옷을 입고 감옥 안으로 들어갔다. 감옥 문이 '철컥' 하는 소리와 함께 닫히자, 사람들은 약속대로 그가 탈출하는 과정을 보지 않으려고 몸을 돌렸다. 후디니는 옷에서 자신이 특별 제작한 도구를 꺼내 탈출 작업에 착수했다.

30분이 지나고 보니 후디니는 귀를 족쇄에 바짝 대고 뭔가를 열심히 만지고 있었다. 한 시간이 지나자 그의 이마에는 땀이 송골송골 맺히기 시작했다. 어느덧 두 시간이 지날 때까지도 후디니는 족쇄를 열지 못했다. 지칠 대로 지친 그는 거의 기진맥진한 상태로 문에 기대어 풀썩 주저앉았다. 그런데 바로 그때 후디니의 몸에 밀려 감옥 문이 스르르 열리는 것이 아닌가. 그렇다. 사실 감옥 문은 처음부터 잠겨 있지 않았다. 복잡하고 단단해 보이던 족쇄도 사실은 모양뿐이었다.

그 영국인은 '탈출의 대가' 후디니의 코를 보란 듯이 납작하게 만들었다. 문을 잠그지 않았으니 살짝 밀기만 해도 탈출할 수 있었다. 하지만 후디니의 마음은 '고정관념'이라는 족쇄에 굳게 잠겨 있었다.

세기의 마술사 후디니도 진짜 족쇄는 거뜬히 풀어냈지만 정작 마음의 족쇄는 풀 수 없었던 것이다.

생각이 꼬리를 물다

우리들의 마음속에는 수많은 가능성을 가로막는 커다란 족쇄가 채워져 있다. 이 족쇄가 바로 고정관념이다. 어떠한 일에 직면했을 때, '고정관념'이라는 족쇄를 벗어던지고 다양한 형태의 생각을 끌어내야 해결의 실마리를 찾을 수 있다.

마리아 로터스는 살바도르의 가난한 인디언 집안에서 태어났다. 마리아의 부모님은 그녀를 낳자마자 살길을 모색하기 위해 미국으로 건너갔다. 처음 몇 년간 그녀의 아버지는 막노동판을 전전하고 틈틈이 트럭을 운전하거나, 빌딩 유리를 닦으며 애면글면 생계를 꾸려갔다. 그렇게 몇 년을 고생하다가 안정적인 직장을 얻으면서 겨우 미국 국적을 취득했다. 그러던 어느 날, 딸 마리아 로터스의 남다른 끼로 그들 가정에 뜻밖의 빛이 찾아들었다.

마리아는 여섯 살 때부터 장난감에 관심을 보였다. 그러나 집이 가난해 장난감을 살 형편이 못 되자 지우개 찌꺼기를 모아 다양한 동물 모양의 조각을 만들어 놀기 시작했다. 그녀는 매일 새로운 모양의 장난감 작품을 탄생시켰다. 그녀가 한번 눈으로 본 것들은 모조리 지우개 작품으로 재탄생되었다. 이처럼 그녀는 어려서부터 장난감에 대한 센스와 감성이 탁월했다.

어느 해 크리스마스, 마리아의 아버지는 디즈니 사에서 운영하는 장난감 쇼핑몰로 그녀를 데리고 가 마음에 드는 장난감을 고르라고 했다. 하지만 마리아는 한참을 둘러보고도 마음에 쏙 드는 장난감을 선뜻 집어 들지 못했다. 그때 또래 아이들 답지 않은 그녀의 안목을 눈여겨 지켜보던 장난감 가게 주인 콘래드 스펙터가 마리아에게 다가와 물었다.

"여기 장난감이 마음에 들지 않니?"

"네."

"어떤 점이 싫은 거지?"

그러자 마리아는 동물 캐릭터의 장난감들을 하나하나 가리키며 대답했다.

"이건 모양이 별로고, 저건 색상이 너무 밋밋해요. 그리고 이건 너무 바보같이 생겼고, 저건 진짜 동물과 하나도 닮지 않았어요……."

콘래드는 아이의 날카로운 지적에 내심 놀랐다. 그래서 마리아를 사무실로 데리고 가 방금 전 지적한 장난감들을 하나하나 꺼내 놓으며 어느 부분을 어떻게 고치면 좋겠는지를 물었다.

그녀는 지우개 찌꺼기를 구해달라고 하더니 상상의 나래를 펼치며 능숙하게 작품을 하나씩 만들어나갔다. 그 모습에 입이 쩍 벌어진 콘래드는 바로 그 자리에서 그녀를 장난감회사의 고문으로 발탁했다.

이후 디즈니 사에서는 마리아가 천부적인 끼와 재능을 충분히 키울 수 있도록 세계 각지에서 장난감 박람회가 있을 때마다 그녀를 데리고 다녔다. 세계를 돌아다니며 안목을 키우다보니 장난감에 대한 그녀의 견해도 점점 더 정확하고 예리해졌다.

콘래드는 당시 마리아를 파격 채용한 이유에 대해 이렇게 말했다.

"그 아이는 나이에 걸맞지 않는 높은 안목을 지니고 있었습니다. 사물을 보는 그녀의 안목에서 천부적인 끼와 출중한 감각을 엿볼 수 있었죠. 그때까지 우리가 해온 장난감 디자인에는 고질적인 폐단이 있었어요. 바로 동심에 눈높이를 맞추려는 노력이 부족했다는 점이죠. 그동안 우리는 열정이 메마른 고리타분한 눈으로 아이들 세계에 억지로 접근하려고 했던 겁니다."

마리아의 조언에 따라 만들어진 장난감들은 예상대로 좋은 반응을 얻었다. 덕분에 회사의 수익도 몰라보게 향상되었다. 회사에서는 그녀를 위해 뉴욕 42번가에 컴퓨터, 팩스 등 현대적인 통신장비를 갖춘 사무실을 마련해주었고, 상근 비서와 부하 직원도 고용해주었다.

마리아는 회사에서 일하면서 학교 수업에도 충실해야 했기 때문에 매주 업무 시간이 20시간 이내로 고정되어 있었다.

얼마 후 그녀의 연봉은 20만 달러에 육박했고, 제너럴 일렉트릭과 디즈니 등 대기업의 주식까지 더해서 매년 2,000만 달러에 달하는 수입을 벌어들였다. 이로써 그녀는 열다섯 살이라는 어린 나이에 세계 최연소 백만장자 및 사업가로 기네스북에 오르기도 했다.

생각이 꼬리를 물다

감각이 발달한 사람일수록 창의력이 뛰어나고, 이해력도 강하다. 즉 감각은 보다 심층적인 지혜인 셈이다. 사람은 누구나 감각과 영감, 재능을 지니고 있다. 중요한 것은 그것을 얼마나 빨리 발견하고, 소중히 잘 활용하느냐다.

1943년, 2차 세계대전이 한창 가열되고 있을 무렵이었다. 연합군은 파시즘 세력을 더욱 효과적으로 몰아내기 위해 독일군을 함정에 빠뜨리기로 했다.

이 계획을 주도한 것은 영국군이었다. 그들은 시칠리아 섬을 공격한다는 계획 아래 연합군이 사르데냐와 그리스를 공격 목표로 삼고 있다는 허위 정보를 독일군에게 퍼뜨려 적군을 교란하는 작전을 세웠다. 연합군은 독일군을 유인하기 위해 해상에 연합군 장교의 시체 한 구를 띄우고, 군복 주머니 속에 공격 계획과 관련된 기밀문서를 집어 넣기로 했다.

이 계획을 실시하는 장소는 평소 독일 사람들의 왕래가 잦은 스페인 해안으로 정해졌다. 모든 일이 계획대로 잘 진행된다면 장교의 시체는 독일 사람에 의해 발견될 것이고, 가짜 정보가 독일인들 사이에

유포될 것이었다.

영국인들은 작은 부분 하나까지 놓치지 않고 주도면밀하게 작전을 계획했다. 시체 역시 실제로 비행기 사고를 당해 바다에 떨어진 것처럼 위장하기로 했다.

수소문 끝에 연합군은 작전에 활용하기 제격인 시체를 찾아냈다. 폐렴으로 사망해 길거리에 방치된 남자의 시체였다. 그들은 그 죽은 남자에게 윌리엄 마틴 소령이라고 이름 붙였다.

그리고 군복 주머니 속에 연극 관람권과 은행에서 발행한 채무 독촉장, 약혼녀의 편지 몇 통을 넣어두었다. 물론 연합군의 공격 계획이 담긴 기밀문서도 함께였다.

파도가 잔잔하게 일던 어느 날, 연합군은 '마틴 소령'을 은밀히 바다에 띄웠다.

몇 개월 후 연합군은 대대적으로 시칠리아 섬 상륙작전을 펼쳤다. 과연 예상대로 독일군의 병력은 사르데냐와 그리스 쪽으로 흩어진 상태였기 때문에 연합군은 단숨에 승리를 거머쥘 수 있었다.

당시 독일군은 기밀문서가 조작될 수도 있다는 것을 생각지 못했다. 즉, 정형화된 사고의 틀을 벗어나지 못하는 오류를 범하느라 제 꾀에 걸려 넘어진 것이다.

생각이 꼬리를 물다

판에 박힌 사유만 들먹이다보면 사물을 대하는 관점이나 분석, 판단도 고정되기 십상이다. 구체적인 문제에 대한 분석과 판단도 기계적으로 변하고 경직되다보니, 자유롭고 유연한 사고 능력을 잃게 된다. 힘겨루기를 할 때 상대의 정형화된 사고방식을 이용해 함정으로 유인하는 것도 좋은 전략이다.

미국 컬럼비아 대학과 스탠포드 대학이 공동으로 실시한 한 연구 결과에 따르면 '선택 항목이 많아질수록 오히려 부작용이 유발된다'고 한다. 이는 선택의 기회는 많을수록 좋다는 기존의 통념을 여지없이 깨버리는 결과였다.

한번은 과학자들이 이와 관련된 실험을 한 적이 있다. 피실험자들을 두 팀으로 분류한 뒤 한 팀에게는 여섯 가지 초콜릿 중에서 원하는 것을 하나 고르라고 하고, 다른 한 팀에게는 서른 가지의 초콜릿을 주며 하나를 고르라고 했다. 그 결과, 서른 가지의 초콜릿을 받은 팀원들 대부분이 자신이 고른 초콜릿의 맛에 불만을 표시하며 선택에 후회하는 반응을 보였다.

캘리포니아 주 스탠포드 대학 근처에 있는, 상품이 다양하기로 소문난 슈퍼마켓에서도 비슷한 실험이 진행되었다. 마트 직원들은 매장

안에 두 개의 시식대를 설치하고, 한 곳에는 여섯 가지 과일잼을, 다른 한 곳에는 스물네 가지 종류의 과일잼을 올려놓았다. 실험 결과 스물네 가지 잼이 있는 쪽은 시식대를 지나던 242명의 고객 중 60%가 멈춰서 시식을 했다. 반면 여섯 가지가 놓여 있는 시식대에서는 지나가던 260명의 고객 중 40%만이 시식했다. 즉, 선택할 항목이 많은 곳에 고객들이 몰리는 현상이 나타났다.

그런데 최종 매출량을 따져보니 뜻밖의 결과가 나왔다. 여섯 가지 과일잼이 있는 시식대에 들른 손님 중 30%가 과일잼을 구매한 반면, 스물네 가지 잼이 있던 시식대에 들른 손님 중에는 겨우 3%만이 물건을 구매한 것이다.

생각이 꼬리를 물다

선택의 기로에 놓인다는 것은 정말 행복한 고민이다. 요목조목 따지고 비교한 후에 내가 가장 좋아하는 것을 고를 수 있기 때문이다. 하지만 너무 많은 선택 항목이 놓여 있다면 오히려 역효과가 날 수 있다. 쉽게 결정을 내리지 못하고 갈팡질팡하게 되므로, 최종적으로 선택을 했더라도 시간이 지나고 나면 후회가 밀려드는 경우가 종종 있다. 사실 선택 항목이 많든 적든 자신이 최상이라고 생각하는 것을 고를 수만 있으면 된다.

미국 워싱턴에 있는 토머스 제퍼슨 기념관의 벽면이 언제부터인가 부식되고 금이 가기 시작했다. 곧 관련 전문가들이 모여 기념관 보호를 위해 머리를 맞대고 대책을 모색했다.

처음에 사람들은 건물 표면이 부식된 이유를 산성비의 침투 때문이라고 여겼다. 그러나 연구를 진행하다보니 벽면을 부식시킨 주범은 바로 청결제였다는 사실이 밝혀졌다. 매일 청소할 때 사용하는 청결제의 강한 산성 성분이 건축물 벽면에 침투해 부식과 균열을 만든 것이었다. 그렇다면 왜 매일 벽면을 청소해야 했던 것일까? 전문가들은 문제의 본질을 찾기 위해 차근차근 접근해가기 시작했다. 매일같이 새 떼가 날아와 앉아 건물 벽이 금방 더러워지는 게 문제였다. 기념관 주변에 제비들이 잔뜩 몰려 살고 있었기 때문이다. 그러면 그곳에 제비가 밀집해 있었던 이유는 무엇이었을까? 건물 벽면에 제비가 좋아하는 먹이인 거미가 많았기 때문이다. 또 거미가 그처럼 많은 이유는 건물 주변에 거미가 좋아하는 날벌레들이 많아서였다. 날벌레는 워낙 번식 속도가 빠른 데다가 그곳의 먼지가 번식하는 데 최적의 조건을 제공한 탓에 건물 주변에는 어딜 가나 날벌레들이 수두룩했다. 그렇다면 어떤 환경조건 때문에 그곳이 날벌레들의 천국이 될 수 있었을까? 알고 보니 건물의 열린 창문으로 들어오는 충분한 햇빛의 양이 날벌레들의 놀라운 번식 속도를 더욱 가속화하고 있었다.

결국 문제의 해결 방법은 간단했다. 건물의 창문 커튼을 닫아버리면 그만이었다. 이로써 당초 전문가들이 머리를 쥐어짜며 내놓았던 거창하고 복잡한 대안들은 전부 백지화되었다.

생각이 꼬리를 물다

매우 복잡해 보이는 문제를 처리할 때는 문제의 본질에서 출발해 차근차근 단계적으로 풀어나가야 한다. 그러면 의외로 가장 간단하고 효과적인 처방을 얻을 수 있다. 헝클어진 문제의 실타래를 다짜고짜 풀겠다고 덤벼들면 지루한 소모전만 계속될 뿐 해결의 기미는 보이지 않는다.

chapter 08

사소한 부분도 놓치지 말고 기회로 전환하라

사소한 부분이 승패를 좌우하는 경우가 종종 있다. 작은 것 하나도 놓치지 않으려는 습관을 가지면 남보다 더 많은 기회를 만들 수 있다. 아무리 날고뛰는 재능이 있더라도 기회가 따라주지 않으면 그대로 묵힐 수밖에 없다. 방심한 사이에 수많은 기회들이 당신 곁을 지나치고 있음을 기억하라.

한 남자아이가 발을 헛디뎌 넘어지는 바람에 품에 안고 있던 책과 티셔츠, 야구방망이, 글러브 등이 와르르 땅으로 쏟아졌다. 때마침 학교 수업을 마치고 집으로 가던 마크가 이 장면을 보았다. 그는 달려가서 땅에 떨어진 물건들을 하나씩 주워주었다.

넘어진 남자아이의 이름은 빌이었다. 빌과 마크는 마침 가는 방향이 같아 동행을 하게 되었다. 길을 가는 내내 마크는 빌의 물건들을 함께 들어주었고, 두 사람은 이런저런 이야기를 나누면서 금방 친해졌다.

그날 마크는 빌의 집에 가서 음료수를 마시며 이야기도 나누고, 함께 텔레비전도 보면서 즐거운 시간을 보냈다. 그 뒤로 그들은 학교에서 자주 마주쳤고, 간혹 점심식사도 같이 했다. 중학교 졸업 후 우연히 같은 고등학교에 진학하게 된 그들은 계속해서 우정을 쌓아나갔다.

고등학교 졸업이 한 달 정도 남은 어느 날, 빌이 마크를 불러냈다.

빌은 마크에게 몇 년 전 그들이 처음 만났던 날을 기억하냐고 물었다.

"그날 내가 왜 그렇게 많은 물건을 싸 들고 집에 갔는지 아니?"

마크는 의아한 표정으로 고개만 가로저었다.

"그날 난 학교 사물함을 몽땅 정리하고 집으로 가는 중이었어. 더이상 학교에 다니기도, 살기도 싫었거든. 몰래 엄마가 복용하는 수면제도 챙겨놨었지. 집에 가자마자 수면제를 먹고 자살할 생각이었어. 그런데 너를 만나고, 즐겁게 이야기를 하다보니 마음이 슬그머니 바뀌더라. 이대로 내 목숨을 끊어버리면 다시는 그런 즐거운 시간이 오지 않겠구나 싶더라고. 앞으로 좋은 일들이 더 많이 펼쳐질지도 모른다고 생각하니 차마 죽을 용기가 나지 않았어. 그러니까 마크, 그때 네가 내 책을 주워준 건 단순히 책을 주워준 것만이 아니라 내 생명을 살려준 거였어. 언젠가 너에게 꼭 이 말을 해주고 싶었어. 그때 정말 고마웠어."

생각이 꼬리를 물다

다른 이에게 내민 도움의 손길이 자신에게는 별것 아닐지라도 상대방에게는 커다란 힘이 될 수 있다. 심지어 상대방의 생명까지도 구할 수 있다.

1952년 7월 4일 새벽, 캘리포니아 해안은 짙은 안개에 뒤덮여 있었다. 캘리포니아 해상에서 서쪽으로 33km 떨어진 카타리나 섬, 서른네 살의 플로렌스 채드윅은 차가운 물에 입수해 캘리포니아 해안을 향해 헤엄치기 시작했다. 이번 도전이 성공한다면 그녀는 카타리나 해협을 헤엄쳐 건넌 최초의 여성이 될 것이었다.

그날 새벽, 바닷물은 온몸을 마비시킬 듯 차가웠고, 안개가 시야를 뿌옇게 가려 그녀를 따라오는 배조차 보이지 않았다. 수많은 사람들이 텔레비전으로 그녀의 도전을 지켜보고 있었다. 상어가 몇 차례 그녀에게 접근을 시도하다가 총소리에 놀라 도망갔다. 긴장감이 점점 고조되는 가운데, 그녀는 계속해서 물살을 가르며 앞으로 나아갔다. 그러나 피로감이 점점 몰려왔다. 무엇보다 그녀를 괴롭혔던 것은 뼛속까지 얼려버릴 것 같은 차가운 바닷물이었다.

열다섯 시간이 지나자 그녀는 온몸에 힘이 빠지고 감각이 사라졌다. 모든 것을 포기하고 배 위로 올라가고 싶은 마음이 굴뚝같았다. 다른 배 위에 타고 있던 그녀의 어머니와 감독은 캘리포니아 해안이 얼마 남지 않았으니 절대 포기하지 말고 버티라고 소리쳤다. 하지만 그녀의 시야에는 뿌연 안개 장막만 펼쳐져 있을 뿐 아무것도 보이지 않았다.

출발한 지 열다섯 시간 55분이 경과할 무렵, 사람들은 탈진한 그녀를 배 위로 끌어올렸다. 몇 시간이 지나자 그녀의 체온이 정상으로 돌아왔다. 정신을 차린 그녀는 도전의 실패에 커다란 충격을 받았다.

"사실, 핑계라고 생각하실 수도 있겠지만, 당시 육지의 모습이 눈에 들어오기만 했더라도 전 끝까지 버텼을 겁니다."

나중에 안 사실이지만 그녀가 포기한 지점은 해안에서 불과 800m 떨어진 곳이었다. 훗날 그녀는 중간에서 포기할 수밖에 없었던 이유에 대해 추위도 피로도 아닌 짙은 안개에 가려 목표 지점이 보이지 않았기 때문이라고 했다. 채드윅의 일생에서 포기를 선언한 것은 그때가 처음이자 마지막이었다. 두 달 후, 그녀는 카타리나 해협 횡단에 다시 도전해 결국 성공했다. 이때 그녀는 종전에 세워진 기록보다 두 시간이나 빠른 속도로 캘리포니아 해안에 도착함으로써 세계 최초로 카타리나 해협을 횡단한 여성으로 기록되었다.

생각이 꼬리를 물다

목표가 불명확하고 막연하면 중간에 길을 잃어 헤맬 가능성이 높다. 물론 그 과정에서 자신감도 걷잡을 수 없이 곤두박질할 것이다. 이루고자 하는 목표를 세울 때는 보다 구체적으로, 육안으로 봐도 감이 올 수 있게 정해야 한다. 정상의 모습이 눈에 보여야 힘든 과정을 인내하고, 전진하는 발걸음에 더욱 힘을 실을 수 있다.

1960년부터 미용제품을 생산하기 시작한 이브 로셰는 1985년 무렵 전 세계에 걸쳐 960개 지점을 거느렸다.

사업가로 성공한 이브 로셰는 프랑스 뷰티 산업의 선두 주자로 자리를 굳혔다. 그의 회사는 프랑스 최대의 화장품기업인 로레알과 대적할 수 있는 유일한 경쟁업체로 성장했다.

이러한 이브 로셰의 성과들은 발전 단계에서 경쟁자들과의 충돌이나 잡음 없이 독자적으로 조용히 얻어낸 결과였다. 그의 성공은 남들과 차별화를 추구하는 부단한 혁신에서 비롯되었다.

1958년 이브 로셰는 한 중년의 여의사에게 기미 전용 치료제인 특효약의 제조 비법을 전수받았다. 이 방법은 그의 호기심을 자극했고, 그는 이 비법을 바탕으로 식물성 로션을 만들어 시판했다.

한편 로셰는 <여기는 파리>라는 잡지에 제품 지면광고를 내보내면서 마케팅 효과를 극대화하기 위해 광고에다 우편구매 할인권을 첨부하는 참신한 방법을 도입했다.

이 대담한 구상은 과연 상상을 초월하는 결과를 가져왔다. 당시 거액의 광고투자를 무모한 짓이라 치부했던 친구들의 우려와는 달리, 그의 제품은 날개 돋친 듯 팔려나갔다. 애당초 손해 보는 장사일 것이라 예상했던 광고가 본전을 훌쩍 뛰어넘어 수십 배의 수익을 가져다 준 것이다.

당시 업계에서는 식물성 천연 화장품 시장에 대한 전망이 어두웠기 때문에 광고 투자에 굉장히 인색했다. 그러나 이브 로셰는 남들이 가지 않는 길을 고수함으로써 엄청난 매출을 올렸다.

1960년 이브 로셰는 소량 생산된 미용 크림을 우편으로 판매해 성공을 거두었다. 우편판매를 포함한 다양한 마케팅 방식으로 그는 짧은 시간 내에 화장품 매출량을 70만여 개까지 무사히 끌어올렸다.

식물성 천연 화장품의 제조가 그의 첫 번째 성공작이었다면, 우편판매 방식의 도입은 획기적이고 창의적인 변화를 시도한 두 번째 도전작이었다. 지금이야 우편판매니 온라인쇼핑이니 하는 말이 낯설지 않지만 당시만 해도 그것은 누구도 생각하지 못한 전대미문의 판매 방식이었다.

1969년 이브 로셰는 처음으로 공장과 판매 대리점을 설립해 대량생산 및 판매 시스템을 구축해나갔다. 그는 직원들에게 "우리를 찾아온 여성 고객들은 모두 왕비처럼 모셔야 한다"며 한결같은 프리미엄 서비스를 강조했다.

바로 이러한 취지를 직접 실천하기 위해 이브 로셰는 기존의 마케팅 원칙을 깨고 우편판매 방식을 채택했던 것이다.

그들의 회사에서는 우편 주문서를 받으면 제품을 정성껏 포장해 며칠 내에 고객에게 배송해주었다. 게다가 제품만 달랑 보내는 것이 아니라 사은품과 샘플 화장품, 피부 관리를 위한 제안서 등을 동봉했다.

우편판매는 이브 로세 판매량의 절반을 차지하고 있을 정도로 비중이 컸다.

로세식 우편판매의 절차는 간단했다. 고객들은 주소를 보내기만 하면 자동으로 '로세 미용클럽'에 가입됨과 동시에 다양한 샘플과 가격표, 사용 설명서 등을 무료로 받아볼 수 있었다.

이러한 쇼핑 방식은 직장 일이 바쁘거나 번화가와 멀리 떨어진 외곽 지역에 사는 여성들에게 폭발적인 반응을 얻었다.

이브 로세는 우편 쇼핑 방식이라는 독특한 발상으로 고객들과의 인연을 꾸준히 이어나갔다. 그의 회사는 매년 고객들로부터 8만여 통의 편지를 받았다. 고객들은 마치 친구에게 편지를 쓰는 듯한 편한 내용들로 이브 로세에 대한 변함없는 애정을 보여주었다. 물론 회사에서도 제품과 함께 진솔하고 꼼꼼한 피부 관리 제안서를 보냄으로써 고객들에게 가까이 다가서려고 노력했다. 제안서에는 반드시 "미용 크림이 만능 해결사는 아닙니다. 규칙적인 생활 리듬이야말로 가장 좋은 화장품입니다"라는 구절을 집어넣었다. 여느 화장품 광고들처럼 자화자찬 일색이 아니라는 점도 고객들에게는 오히려 커다란 매력으로 작용했다.

또한 고객들의 정보를 활용해 생일이나 기념일 때마다 신제품과 예쁜 모양의 카드를 선물로 보내주기도 했다.

이러한 고객 감동 서비스를 통해 이브 로세는 탁월한 성과를 거뒀다. 그들이 매년 고객들에게 우편물을 보내는 횟수는 약 900만 건에 달했다. 그 결과 1985년, 이브 로셰는 판매액과 수익이 30%나 증가했고, 영업액도 25억을 넘어섰으며 해외 판매량 또한 급증했다.

경쟁이 치열한 오늘날의 사회에서는 구태의연한 길, 과거에 있던 틀만을 고집하면 출로가 보이지 않는다. 부단히 혁신하고 앞으로 나아가야 새로운 길을 개척할 수 있고, 사업을 원대하게 키울 수 있다.

유명 무역회사에서 고액 연봉의 경력 직원을 채용한다고 하자, 수많은 지원자가 몰려들었다. 그중에는 명문대 출신으로 무역회사 업무 경력이 3년이나 되는 젊은이가 있었다. 그는 실력과 경력 면에서 높은 점수를 받아 최종 후보로 물망에 올랐다. 면접시험이 있던 날, 젊은이는 자신만만하게 면접관 앞에 섰다.

면접관이 질문을 시작했다.

"예전 회사에서 구체적으로 무슨 일을 했습니까?"

"산나물 수출입에 관련된 일을 했습니다."

"아 그래요? 그렇다면 무역업에 종사하는 직원의 입장에서 제품이 중요하다고 봅니까? 아니면 고객이 중요하다고 봅니까?"

젊은이는 자신 있게 대답했다.

"고객이 중요합니다."

"산나물 무역 일을 했다니 그쪽 상황에 일가견이 있겠군요. 일본은 고사리 수출국으로 유명하죠. 예전에는 판로가 좋아서 수출하는 대로 다 팔렸는데, 최근 몇 년 동안은 해외 바이어들이 외면하고 있어요. 그 이유가 무엇인지 말해보세요."

"고사리가 안 좋기 때문이죠."

"왜 안 좋은지 설명할 수 있나요?"

젊은이는 잠시 머뭇거리다가 자신 없는 듯 입을 열었다.

"품질이 떨어져서입니다."

그러자 면접관이 그를 응시하며 말했다.

"내 생각에, 당신은 한 번도 고사리 산지에 가본 적이 없는 것 같군요."

긍정도 부정도 하기 애매한 상황이었다. 난감해진 젊은이는 잠시 침묵을 지키다가 면접관에게 반문했다.

"제가 가본 적이 없다는 것을 어떻게 알아채셨습니까?"

"만약 가봤더라면 왜 고사리가 안 좋아졌는지 이유를 분명히 알았을 겁니다. 고사리를 따는 데 최적의 시기는 일 년 중 딱 열흘간이라고 합니다. 이 기간에 맞춰서 따야 부드럽고 맛있다고 하더군요. 그 기간보다 일러도 안 되고, 늦어도 안 됩니다. 고사리를 따고 나면 멍석에 널어 햇빛에 하루 정도 말리고, 다음 날 한 번 뒤집어 다시 하루 정도 말려서 수분을 완전히 증발시켜야 합니다. 그래야 최상품이 되는 거지요. 그 과정을 거친 고사리는 먹기 전에 찬물에 잠깐 담가두기만 하면 됩니다. 하지만 일본 현지 농민들은 생산량을 늘리기 위해서 고사리를 따오면 햇빛에 말리는 과정을 생략하고 바로 난롯불에 한두 시간 정도 쬐면서 말린다는 거예요. 이렇게 가공 처리된 고사리는 겉으로는 멀쩡해 보여도 막상 먹으려고 하면 아무리 물에 오래 담가두어도 질기고 텁텁하지요. 해외 바이어들이 이 사실을 알고 몇 번이나 경고했지만 그러한 관행이 고쳐지지 않았다고 합니다. 그래서 아예 고개를 돌려버린 거지요.”

이야기를 듣고 있던 젊은이는 차마 고개를 들 수 없었다.

“산지에 가본 일이 없어 그런 일이 있는지조차 몰랐습니다.”

자타가 채용이 가장 유력하다고 점찍었던 이 젊은이는 결국 고배를 마셔야 했다.

생각이 꼬리를 물다

얼마나 공을 들이냐에 따라 당신에게 돌아오는 대가의 크기가 달라진다. 정성을 많이 쏟을수록 되돌려받는 것이 많고, 반대로 공을 덜 들이고 대충 대할수록 되돌아오는 것은 적다. 물건을 만들 때 당신의 정성과 애정이 결핍되어 있으면 제품도 당신을 배신한다.

표현이나 행동에 유연함과 탄력을 길러라

쫄깃하고 논리 정연한 화법과 능숙한 일처리 능력은 인생 업그레이드를 위한 중요한 조건이다. 진솔하고 핵심을 찌르는 말솜씨로 대중의 공감을 불러일으키고, 자신의 일도 똑 부러지게 해내는 사람들의 비결은 바로 뛰어난 임기응변 능력과 유연성이다. 무슨 말을 하거나 일을 할 때 꽁생원 기질을 버리고, 유연함과 개방성의 원칙을 적용시켜라.

뭐든지 다 알아맞히는 것으로 이름난 신통한 도사가 있었다. 마을 사람들은 무슨 일이 있을 때마다 그를 찾아가 점을 봐달라고 했다.

한번은 과거를 보러 가던 세 명의 서생이 도사의 점괘가 신통하다는 소문을 듣고 그에게 들렀다. 그들은 공손하게 도사에게 물었다.

"우리 세 명이 이번에 과거를 치르러 가는데, 누가 과거에 급제할지 봐주십시오."

도사는 눈을 지그시 감은 채 그럴듯하게 주문을 외우더니 아무런 말 없이 손가락 하나를 내밀었다. 서생들은 당혹스러운 표정으로 물었다.

"누가 급제하겠습니까?"

도사는 입을 굳게 다물고 여전히 손가락 하나만 내밀었다. 도사가 더이상 말할 뜻이 없음을 알아차린 그들은 그냥 체념하고 돌아섰다.

세 명의 서생이 돌아간 후 도사의 곁에서 시중을 들던 아이가 호기심에 물었다.

"사부님, 저 세 사람 중에서 도대체 몇 명이 과거에 통과하는 겁니까?"

도사는 의연하게 대답했다.

"난 몇 명이 급제할지 이미 다 이야기했다."

"그럼 손가락 하나를 내미신 건 무슨 뜻이었습니까? 한 명이 된다는 의미입니까?"

"그렇다."

꼬마는 아직 의혹이 풀리지 않은 듯했다.

"만약 그들 중 두 사람이 과거에 급제하면요?"

"그럼 한 사람이 떨어진다는 의미가 되지."

"세 사람 모두 붙으면요?"

"그럼 세 명이 한 번에 붙는다는 뜻이지."

"세 사람 모두 낙방하면 어떡하죠?"

"그럴 경우에 손가락 하나는 한 명도 붙지 않는다는 의미다."

생각이 꼬리를 물다

똑같은 말이나 행동도 상대방의 의도나 성향에 따라 전혀 다르게 해석될 수 있다. 하나의 그림을 바라보는 시각이 사람마다 다르듯이 우리 주변에는 천편일률적인 정답을 강요할 수 없는 일들이 많다.

1939년 10월 11일, 경제학자 알렉산더 삭스는 루스벨트 대통령에게 아인슈타인을 포함한 몇몇 과학자들의 친필 편지를 전달했다. 편지는 나치 독일이 핵분열 이론을 군사적 목적에 응용할 조짐이 보인다며, 미국이 하루빨리 원자력 무기를 개발해 독일의 기선을 제압해야 한다고 제안하고 있었다.

처음에 루스벨트 대통령은 난해하고 생경한 편지 내용을 이해하지 못해 냉담한 반응을 보이더니 결국 과학자들의 제안을 완곡하게 거절했다. 다음 날, 삭스는 루스벨트와 아침 식사를 같이하는 자리에서 나폴레옹의 일화 하나를 들려주었다.

영불전쟁 기간에 유럽 대륙을 호령하던 나폴레옹은 해상에서 연거푸 패배를 거듭했다. 이때 미국의 젊은 발명가 풀턴이 나폴레옹에게 함대의 돛대를 모두 없애는 대신 증기로 동력을 대체하고, 배의 재료를 나무에서 철로 바꾸라고 제안했다. 당시 나폴레옹의 반응은 시큰 둥했다. 돛대 없이 움직이는 배라니 도저히 상상이 되지 않았다. 또한 나무판을 철로 바꾸면 배가 무거워서 침몰할 게 뻔했다. 나폴레옹은 터무니없는 생각이라며 풀턴을 내쫓았다. 그러나 매정하게 외면당했던 풀턴의 아이디어는 잠수함 설계를 위한 최초의 결정적인 단서였다. 역사학자들은 당시 나폴레옹이 조금만 머리를 써서 풀턴의 제안을 신중히 고려했더라면 19세기의 역사는 크게 달라졌을 거라고 평가한다.

이야기를 듣던 루스벨트는 잠시 침묵하다가 느닷없이 나폴레옹 시대의 프랑스산 브랜디를 가져와 잔에 가득 채우더니 삭스에게 건넸다.

"좋아. 자네가 이겼네! 적극 검토해보지."

생각이 꼬리를 물다

가정에서, 혹은 직장에서 우리는 타인을 설득해야 할 경우가 종종 있다. 직설적인 방식으로 타인을 설득하기 힘들다면, 말하는 방식을 바꿔 우회적으로 설득해보자. 유사한 사례를 예로 든다거나, 제3자의 힘을 빌리는 것도 하나의 방법이다. 직진이 불가능하면 방향을 선회해 또 다른 길을 찾아보자.

1840년 2월, 영국의 빅토리아 여왕은 동갑내기이자 사촌인 앨버트 공과 결혼했다.

원래 정치에 무관심했던 앨버트는 여왕의 끊임없는 세뇌와 영향 속에서 차츰 나랏일에 관심을 보이기 시작했고, 어느새 여왕의 든든한 정치적 지원군이 되었다.

어느 날 두 사람이 사소한 일로 말다툼을 벌였다. 앨버트는 홧김에 먼저 침실로 돌아가서 문을 잠가버렸다.

일을 마친 빅토리아는 피곤한 몸을 이끌고 침실로 향했다. 얼른 들어가 쉬고 싶다는 생각이 간절했지만 이상하게도 방문이 굳게 잠겨 있었다. 빅토리아가 문을 두드리자 화가 아직 덜 풀린 앨버트가 심술을 부리며 물었다.

"누구시오?"

"영국 여왕이야."

방 안에서는 아무런 기척이 없었다. 빅토리아 여왕은 화를 억누르며 다시 문을 두드렸다.

"누구야?"

"빅토리아라니까."

여왕은 목소리에 무게를 실으며 대답했다.

방문은 여전히 열리지 않았다. 빅토리아는 잠시 머뭇거리다가 다시 노크했다.

"누구야?"

앨버트가 또다시 물었다.

"당신 아내야, 앨버트."

여왕의 목소리는 한결 부드러워져 있었다. 그러자 문이 찰칵 열리면서 앨버트가 그녀를 두 손으로 끌어당겼다.

여왕이 채택한 마지막 화법은 침실 문은 물론 굳게 닫혔던 남편의 마음까지 활짝 연 셈이었다.

생각이 꼬리를 물다

언어는 묘한 예술이다. 한 가지 동일한 의미를 전달한다 하더라도 어떤 화법을 구사하느냐에 따라 결과가 확연히 달라진다. 같은 뜻을 지니고 있어도 화자가 표현할 때 싣는 감정이나 색채가 다르기 때문이다. 언어로 의미 전달을 할 때는 최대한 긍정적인 색깔을 입혀 상대의 호감을 얻어내라.

직접적인 경험을 통해
삶의 진리를 깨우치게 하라

유명한 경제학자 데이비드 리카도가 아홉 살 때 겪었던 일이다. 하루는 부모님이 그를 데리고 쇼핑을 나갔다. 그는 가게 쇼윈도 안에 진열된 모피 달린 구두에 마음을 빼앗겼다. 구두가 너무 마음에 들었던 그는 부모님에게 당장 사달라고 졸랐다. 어머니는 사주고 싶어 했지만, 아버지는 아이가 신기에 부적합한 신발이라며 한사코 말렸다.

리카도가 울며불며 생떼를 쓰자, 결국 아버지는 그에게 반드시 신고 다녀야 한다는 약속을 받아내고 구두를 사주었다.

구두를 손에 넣은 후 리카도는 그것이 나무 신발이라는 사실을 발견했다. 걸을 때마다 딸그락대는 소리가 나는 데다, 오래 신기에는 발이 너무 아팠다. 그제야 아버지가 그 신발을 사주지 않으려고 했던 이유를 이해했다.

얼마 안 가 리카도는 제발 이 불편한 신발에서 벗어날 수 있기만을 간절히 원했다.

　그의 아버지는 뉘우치는 아들을 보고 더이상 신발을 신으라고 강요하지 않았다. 하지만 리카도 본인은 스스로를 용서할 수 없었다. 그래서 신발을 방에서 가장 잘 보이는 곳에 걸어두고, 그것을 볼 때마다 다시는 괜한 허영심 때문에 억지를 부리지 않겠다고 다짐했다.

생각이 꼬리를 물다

자녀교육은 아주 어렸을 때부터 시작해야 한다. 자녀를 교육하는 데 가장 중요한 것은 방법이다. 적절한 교육방법을 취하면 적은 노력으로도 몇 배의 효과를 누릴 수 있다. 그중에서 아이들이 어떤 일을 경험했을 때 그 작은 경험을 통해 소중한 인생의 진리를 깨우칠 수 있도록 유도하는 방법은 매우 효과적이다. 이처럼 경험을 통해 교훈을 깨우치게 하는 방법은 아이들에게 확실한 인상을 남길 수 있으며 효과도 바로 나타난다.

어느 날, 한 재상이 이발사를 불러 이발을 했다. 그런데 이발사가 너무 긴장한 나머지 실수로 재상의 눈썹을 밀어버렸다. 가슴이 철렁 내려앉은 이발사는 재상이 이를 눈치 채면 불호령이 떨어질 게 분명하다는 생각이 들어 벌벌 떨었다. 자신의 저지른 실수인 게 명백하니 피해갈 방법도 없었다. 이발사는 속으로 애만 태우고 있었다.

그러다가 어느 순간 떠오르는 생각이 있었다. 사람들과의 접촉이 워낙 많은 이발사는 칭찬 앞에서 얼굴 찌푸리는 사람이 없다는 이치를 잘 알고 있었다. 이를 이용해 기지를 발휘하기로 한 그는 다급하게 면도하던 손을 멈추고 재상의 배를 뚫어져라 바라보았다. 마치 재상의 오장육부를 훤히 들여다보는 것처럼 말이다.

이발사의 생뚱맞은 행동에 의아해하며 재상이 물었다.

"어째서 면도하다 말고 내 배만 그렇게 쳐다보는가?"

이발사는 의뭉스러운 표정으로 대답했다.

"사람들이 재상님의 배는 배를 띄울 만큼 넓다고 하기에 보고 있는 중입니다."

이발사의 엉뚱한 대답에 재상이 껄껄대며 웃었다.

"그건 진짜 내 몸의 배가 크다는 소리가 아니라 넓은 도량을 지녔다는 의미겠지. 평소 사소한 일에 대해서 꼬투리를 잡지 않고 너그럽게 포용한다는 말이네."

이 말을 듣던 이발사는 털썩 무릎을 꿇고 주저앉아 애원했다.

"제가 몹쓸 놈입니다. 방금 전에 면도를 하다가 실수로 재상님의 눈썹을 밀어버렸습니다. 재상님의 마음 씀씀이가 그토록 크다 하시니 제발 한 번만 너그러이 용서해주십시오."

별안간 한쪽 눈썹이 밀려나갔으니 얼마나 당황스러웠겠는가? 재상은 울지도 웃지도 못한 채 돌 씹은 표정이 되었다. 마음 같아서는 혼쭐을 내주고 싶었지만 한편으로 냉정하게 생각해보니 이대로 화를 냈다가는 도량이 넓다는 자신의 기존 이미지에 먹칠을 할 게 뻔했다.

결국 재상은 선심 쓰듯 온화하게 대답했다.

"됐네. 어서 펜을 가져다가 눈썹을 그려주게."

생각이 꼬리를 물다

사람은 누구나 남을 포용하는 아량을 지니고 있다. 그러나 분노의 감정이 드리워지면 그러한 아량이 가려지고 만다. 잘못을 저질렀을 때, 칭찬으로 상대방의 감춰 있던 아량에 불을 지핀 후 잘못을 시인하면 생각보다 쉽게 용서받을 수 있다.

2차 세계대전 당시 각국에서는 첩보 기관들이 왕성하게 활동하고 있었다. 정보력을 앞세워 전쟁에서 유리한 고지를 점하기 위함이었다. 동시에 이를 겨냥한 반 첩보 기관들도 성행했다. 한번은 연합군의 반 첩보 기관이 벨기에 북부 출신 농부라고 밝힌 부랑자 한 명을 체포해 조사했다. 그는 여러모로 수상쩍은 데다 눈빛이 단순한 농부처럼 보이지 않았다. 프랑스 반 첩보 군관 자크는 그가 독일에서 온 스파이일 것이라 확신했지만 유력한 물증이 없었다.

심문이 시작되고 자크가 "숫자를 셀 줄 아시오?"라고 질문하자, 체포된 부랑자는 유창한 프랑스어로 완벽하게 숫자를 셌다. 발음이나 어투에 독일인의 느낌이 전혀 실려 있지 않았다.

그날 저녁, 부랑자는 작은 방에 갇혔다. 자고 있는데 갑자기 보초병이 독일어로 "불이야!"라고 소리쳤다. 그래도 부랑자는 독일어를 한

마디도 알아듣지 못하는 것처럼 꿈쩍도 하지 않았다.

이튿날, 자크는 농부 한 명을 데리고 와 그와 농사일에 대해 이야기를 나누도록 했다. 부랑자는 제법 전문적인 부분까지 속속들이 꿰고 있었다. 누가 봐도 영락없는 농사꾼의 모습이었다. 독일 스파이라고 판단한 자크의 예감은 이대로 어긋나는 듯했다. 그러나 실은 이 모든 것이 영리한 자크의 작전이었다.

다음 날, 취조실에 끌려온 부랑자는 더 침착하고 평온해져 있었다. 자크는 심각하게 문서를 읽는 척하다가 서명을 하고는 고개를 들어 그에게 말했다.

"좋다. 너의 정체가 밝혀졌으니 이제 가도 좋다. 넌 자유야."

부랑자는 무거운 짐을 내려놓은 듯 길게 안도의 한숨을 내쉬었다. 자유를 얻은 기쁨과 흥분이 얼굴 가득 퍼졌다.

그 순간 자크의 얼굴에 회심의 미소가 떠올랐다. 자크가 방금 한 말은 독일어였다. 이야기를 듣고 갑자기 밝아진 부랑자의 표정에서 그는 확실한 단서를 포착했던 것이다. 결국 부랑자는 가짜 신분이 탄로 났고, 강도 높은 심문 끝에 자신이 독일 스파이임을 자백했다.

생각이 꼬리를 물다

말로는 시치미 뗄 수 있어도 행동은 숨길 수 없는 법이다. 행동은 오랜 시간 쌓이고 쌓여서 습관처럼 몸에 배어 있기에 자신도 모르는 사이 겉으로 드러난다. 상대방이 거짓말을 하고 있는 것은 아닌지 의심스러울 때, 그의 작은 동작 하나하나에 주의를 기울이다보면 의외로 쉽게 답을 얻을 수 있다.

애거서 크리스티는 미스터리의 여왕이라 불릴 만큼 수많은 베스트셀러와 다양한 독자층을 거느리고 있는 영국의 추리소설 작가다.

어느 날 저녁, 크리스티가 파티에 초대받아 참석했다가 새벽 두 시가 되어서야 집으로 돌아가게 되었다. 그녀는 인적이 끊긴 어두컴컴한 길을 걸음을 재촉하며 혼자 걸어갔다. 그때 갑자기 전봇대 뒤에서 손에 칼을 든 낯선 남자가 튀어나와 크리스티를 덮쳤다.

크리스티는 최대한 침착하게 물었다.

"원하는 게 뭔가요?"

"잔말 말고, 귀고리 빼서 이리 내놔!"

크리스티는 잔뜩 긴장했던 얼굴을 누그러뜨리고, 외투의 옷깃으로 목걸이를 감추며 한 손으로 귀고리를 뺐다. 그녀는 귀고리 두 짝을 땅바닥에 내던지며 소리쳤다.

“가져가요. 이젠 가도 되죠?”

그러자 강도는 애써 목걸이를 감추려는 그녀의 행동을 수상쩍게 보더니 “목걸이도 빼!”라고 요구했다.

크리스티는 애원했다.

“이봐요. 이건 몇 푼 되지도 않는 싸구려예요. 내가 간직할 수 있게 해줘요.”

“쓸데없는 수작 부리지 말고, 어서 내놔!”

그녀는 손을 부들부들 떨며 내키지 않는 표정으로 목걸이를 빼 건네주었다.

강도가 자리를 뜨자, 그녀는 잽싸게 땅에 떨어진 귀고리를 주웠다. 사실 옷깃으로 목걸이를 가리면서 귀고리를 뺀 것은 일부러 강도에게 보이기 위해 그녀가 꾸민 자작극이었다. 강도가 가지고 간 그녀의 목걸이는 겨우 6파운드 정도 하는 싸구려였고, 땅에 내팽개쳤던 금 귀고리는 시가로 980파운드에 달하는 값비싼 보석이었다. 강도의 시선을 목걸이 쪽으로 돌려놓음으로써 귀한 귀고리를 지켜낸 그녀의 재치에 혀를 내두를 수밖에 없다.

위험에 처했을 때 극단적인 반항과 순종은 모두 상책이 아니다. 가장 좋은 방법은 침착함을 잃지 않고, 요령 있게 상대방의 주의를 다른 데로 옮기거나 분산시키는 것이다. 이 방법이야말로 피해를 최소화하면서, 위험한 상황을 순탄하게 모면할 수 있는 최선책이다.

두 남자가 함께 맨해튼으로 출장을 갔다. 하루는 둘이서 길을 걷다가 한 남자가 길 건너 가판대에서 신문을 사오겠다며 다른 남자에게 기다리라고 했다. 그가 신문 몇 가지를 집고 계산을 하려고 보니 동전이 하나도 없었다. 할 수 없이 10달러짜리 지폐를 주인에게 내밀며 말했다.

"잔돈 주시오!"

그러자 가판대 주인은 언짢은 기색으로 대답했다.

"이보시오. 난 잔돈이나 바꿔주려고 여기 앉아 있는 게 아니오."

결국 남자는 신문을 그대로 가판대에 내려놓고 빈손으로 다시 길을 건너왔다.

이때 다른 남자가 친구를 위로하며 말했다.

"걱정 마, 자네는 여기서 기다리고 있어. 내가 다녀올 테니."

그는 가판대로 가서 10달러짜리 지폐를 건네며 공손히 부탁했다.

"사장님, 죄송합니다만 부탁 좀 드리겠습니다. 저는 이곳에 처음 온 외지 사람인데요, 신문을 사려고 보니 잔돈이 똑 떨어졌네요. 십 달러를 드릴 테니 신문 값 빼고 잔돈으로 좀 거슬러주시면 안 될까요?"

가판대 주인은 냉큼 신문 한 부를 집어 그에게 주면서 말했다.

"가져가시오. 돈은 필요 없소. 다음에 잔돈 생기거든 그때 가져다주시오."

생각이 꼬리를 물다

예의는 타인과의 사귐이나 의사소통에서 가장 기본이 되는 조건이다. 예의를 갖춘다는 것은 상대방을 존중한다는 의미다. 상대를 존중해주는 사람만이 상대의 존중을 받을 자격이 있다. 상대가 누구든 그가 내 인생의 VIP라 생각하고 그의 존재 가치를 부각시켜준다면, 상대방도 당신에게 깊은 호감을 느끼게 될 것이다.

chapter 10

처세에도 나름의 원칙과 비법을 세워라

인생은 수많은 인맥을 엮어가고, 사업을 해나가는 과정이다. 처세에는 일정한 기준과 규칙이 있어야 한다. 타인과 교류할 때는 자신만의 분명한 원칙과 소신이 있어야 유기적이고 탄탄한 인맥을 쌓을 수 있고, 사업을 할 때도 자기만의 노하우와 기법을 터득해야 성과를 거둘 수 있다.

핀란드의 작은 어촌에 해리슨이라는 젊은이가 살고 있었다.

배를 타고 조업을 나가는 마을 사람들은 사고를 당하면 해안에 설치된 구조대로 신호를 보내 사고 지점을 알리곤 했다. 구조 대원은 바다에 나가지 않는 마을 사람들이 교대로 돌아가면서 맡았다.

어느 날 저녁, 구조대 경보등에 빨간 불이 켜졌다. 500해리 밖에서 선박 한 척이 사고를 당했다고 신호를 보내고 있었다. 그날 구조 대기반이던 해리슨과 러셀은 사고 현장으로 출동할 준비를 했다.

마을 사람들은 그들 배에 작은 모터보트를 실어주었다. 막 출발하려고 하는데, 해리슨의 노모가 아들의 손을 붙잡고 울먹였다.

"아들아, 네 아버지도 바다에 사람을 구하러 나갔다가 돌아가셨다. 네 형도 바다에 나간 지 반년이 넘도록 감감무소식이잖니. 바다와 무슨 악연인지. 어제 일기예보에서는 오늘 해상에 폭풍이 몰아칠 거라고 하더구나. 너까지 변고를 당하면 이 어미는 더이상 살 수가 없어."

"어머니, 걱정 마세요."

해리슨은 어머니의 눈물을 닦아주고, 바로 구조선에 올라탔다.

해리슨과 러셀이 사고 지점에서 20해리 떨어진 곳에 이르렀을 때, 갑자기 풍랑이 몰아쳤다. 러셀은 다급하게 소리쳤다.

"망할 놈의 날씨하고는. 도저히 안 되겠어, 돌아가자고. 마을 사람들한테는 조난당한 배를 못 찾았다고 하면 되잖나."

러셀은 벌써 뱃머리를 돌리고 있었다.

"안 돼. 조난자들을 구하는 게 더 중요하지. 사고 지점이 바로 코앞인데 그냥 돌아가다니? 예전에 너도 구조 대원들이 오지 않았다면 바다에서 그대로 고기밥이 될 뻔했잖아."

해리슨의 의지는 확고했다.

"죽고 싶어 환장했어? 네 노모를 혼자 남겨둘 참이야?"

고집불통인 해리슨에게 러셀도 악다구니를 퍼부었다.

러셀과 실랑이를 벌이던 해리슨은 결국 구조선에 달려 있던 모터보트를 바다에 띄워 혼자 사고 지점으로 향했다.

이틀 후, 구조선은 흉물스런 모습으로 망가진 채 어촌 마을로 떠밀려 왔다. 배 안에는 아무도 없었다. 해리슨의 노모는 구조선이 조난당했다는 소식을 듣고 충격으로 실신했다.

그런데 사흘째 되던 날 기적이 일어났다. 작은 배 한 척이 새벽안개를 헤치며 마을을 향해 들어오고 있었다. 뱃머리에 사람이 하나 서 있었는데, 바로 해리슨이었다.

"자네…… 해리슨 아닌가?"

마을 사람들은 죽은 줄만 알았던 그의 출현에 감격했다.

“네. 접니다. 해리슨 맞습니다.”

그는 배 위에서 흥분된 목소리로 손을 흔들며 외쳤다.

“어서 가서 어머니에게 전해주세요. 사고 지점에 있던 배는 바로 저희 형 일행이 타고 나갔던 배였어요. 형도 무사히 돌아왔다고요!”

“세상에, 이렇게 감사할 데가. 잃어버린 줄만 알았던 아들 둘이 모두 살아 돌아왔군.”

마을 사람들은 자기 가족의 일인 양 그들을 얼싸안으며 기뻐했다.

생각이 꼬리를 물다

타인이 당신에게 도움을 요청하면 주저하지 말고 그들의 손을 잡아줘라. 타인의 어려움을 내 일처럼 돌봐주는 것은 인간으로서 당연한 도리다. 게다가 남을 도와준 일로 자신이 덕을 보는 경우도 종종 있다.

한 중년 여인이 어린 남자아이를 데리고 어느 대기업 건물 앞에 있는 정원 벤치에 앉아 있었다. 그녀는 성난 표정으로 아이와 이야기를 하는 중이었다. 근처에서는 백발의 노인이 관목을 손질하고 있었다.

갑자기 그 여인이 핸드백에서 하얀 화장지를 꺼내더니 노인이 막 손질을 끝낸 나무 쪽으로 휙 던졌다. 노인은 황당한 표정으로 여인이 있는 쪽을 돌아보았다. 여인은 무슨 일이 있었냐는 듯 심드렁하게 노인을 쳐다봤다. 노인은 아무 말 없이 화장지 뭉치를 주워 쓰레기 바구니에 집어넣었다.

잠시 후 여인은 또 화장지 한 뭉치를 던졌고, 노인은 역시 묵묵히 화장지를 주워 담아 원래 자리로 되돌아갔다. 그러나 노인이 막 손질용 가위를 집어 드는 순간, 세 번째 화장지가 그의 눈앞에 툭 떨어졌다. 여인의 무례한 행동이 반복되는 동안 노인은 싫은 기색 한 번 내보이지 않았다.

그때 여인은 아이에게 나무를 손질하는 노인을 가리키며 충고했다.

"봤지? 열심히 공부하지 않으면 저 할아버지처럼 미래가 암울해져. 평생 저렇게 고단하고 비천한 일을 하면서 살래?"

노인은 가위를 내려놓고 그들이 앉아 있는 벤치 쪽으로 다가왔다.

"부인, 이곳은 회사 소유 정원이라 직원들만 들어올 수 있습니다."

"그거야 당연하죠. 전 이 회사 소속 계열사의 부장이에요. 이 건물에서 일한다고요."

그녀는 목에 잔뜩 힘을 준 채 거만하게 신분증을 흔들어 보였다.

"휴대전화 좀 빌릴 수 있겠소?"

노인은 잠시 뭔가를 생각하고 난 뒤 물었다. 여인은 떨떠름한 표정으로 노인에게 휴대전화를 건네주었다. 그러면서 기회를 놓치지 않고 아들에게 한마디 덧붙였다.

"저렇게 나이가 들었는데 휴대전화 하나 없이 궁색하게 사는 꼴 좀 봐라. 저렇게 안 살려면 열심히 노력해야 해. 알았지?"

노인은 통화를 끝낸 후 휴대전화를 여자에게 돌려주었다. 잠시 후 한 남자가 급하게 달려와 노인 앞에 예의를 갖춰 섰다. 노인은 남자에게 지시했다.

"저 여자를 당장 해고시키게."

"알겠습니다. 지시하신 대로 처리하겠습니다."

노인은 아이 쪽으로 걸어가 머리를 쓰다듬으며 의미심장하게 속삭였다.

"세상을 살아가면서 가장 중요한 것은 타인을 존중하는 마음이란다."

짧은 한마디만 남기고 그는 유유히 사라졌다.

여인은 눈앞에 벌어진 뜻밖의 장면에 놀란 기색이 역력했다. 달려
온 남자는 그룹에서 인사를 담당하는 임원이라 그녀와 잘 아는 사이
였다. 여인은 남자에게 이상하다는 듯 물었다.

"어째서 저 정원사에게 그렇게 깍듯이 대하는 거죠?"

"무슨 소리야? 정원사라니? 저분은 우리 그룹 회장님이셔."

"뭐라고요? 회장님?"

여인은 새파랗게 질린 얼굴로 벤치에 털썩 주저앉았다.

생각이 꼬리를 물다

타인에 대한 존중은 삶의 필수 조건이다. 신분과 직업의 귀천에 상관없이 타인을 존중해야 한다. 상대가 누구냐에 따라 존중의 정도를 조절하는 기회주의자가 되지 마라. 타인을 존중하는 것은 곧 자신을 존중하는 것이다.

　명성이 자자한 미국의 한 부자 상인이 거리를 산책하다가 노점에서 헌 책을 팔고 있는 비쩍 마른 젊은이를 만났다. 꾀죄죄한 옷차림의 그는 곰팡이 슨 빵을 우걱우걱 씹어 먹고 있었다. 한때 힘든 젊은 시절을 보냈던 부자 상인은 측은한 마음이 들어 8달러를 그의 손에 덥석 쥐어 주고 자리를 떠났다.

　조금 걸어가다가 상인은 문득 자신의 행동이 옳지 않았다는 생각이 들었다. 그는 황급히 발걸음을 돌려 젊은이에게 다가갔다. 그리고 좌판에서 책 두 권을 집으며 방금 전에 책값을 지불해놓고 책을 가져가는 것을 깜빡했다고 해명했다. 그런 다음 젊은이에게 격려하듯 한마디 덧붙였다.

　"자네도 나처럼 장사하는 사람이지 않은가?"

　2년 후 상인은 한 자선모금회에 초청받아 참가했다. 그때 말쑥한 양

복 차림의 젊은 출판 사업가가 다가오더니 그의 손을 꼭 잡으며 감격스러운 목소리로 말했다.

"선생님은 벌써 저를 잊으셨겠지만 저는 영원히 선생님을 잊을 수 없습니다. 선생님을 만나기 전까지 전 책을 늘어놓고 구걸이나 하는 운명에 불과했습니다. 그런데 그날 선생님께서 저를 장사하는 상인으로 대우해주셨을 때 자부심과 자신감이 불끈 솟아나더군요. 덕분에 지금의 성공을 이뤄낼 수 있었습니다."

부자 상인은 자신의 말 한마디가 자괴감에 시달리던 가난한 한 청년에게 자신감을 불어넣어 주었다는 사실이 놀라울 따름이었다. 자포자기에 빠져 살던 그가 우연히 자신의 가치를 발견함으로써 불굴의 노력을 기울였고 결국 성공을 일궈낸 것이다.

생각이 **꼬리**를 **물다**

사람에게 가장 필요한 것은 돈이나 물질이 아니라 타인의 존중과 인정이다. 타인에게 인정을 받음으로써 존재감을 얻고 나면, 시들시들했던 운명이 자신감과 자부심으로 가득 채워지기 때문이다.

어느 날 석가모니가 지옥을 내려다보니 생전에 악행을 저지른 수많은 사람들이 죗값을 치르느라 뜨거운 불 속에서 발버둥치고 있었다. 그들의 얼굴은 고통스런 표정으로 죄다 일그러져 있었다.

이때 한 강도가 자비의 상징인 석가모니를 알아보고는 살려달라고 애원했다. 석가모니는 이자가 생전에 도둑질을 일삼고 무고한 사람들을 살해한 극악무도한 흉악범이라는 사실을 알고 있었다. 하지만 그가 생전에 착한 일을 한 번도 하지 않은 것은 아니었다. 한번은 길을 가던 그가 거미 한 마리를 발견하고는 그냥 밟고 지나려다가 측은한 마음이 들어 옆으로 비켜서 지나간 적이 있었다. 눈 씻고 찾아봐도 착한 것과는 거리가 멀었던 그가 인생에서 유일하게 행한 선행이었다.

석가모니는 거미를 살생하지 않은 것에 대한 포상으로 그에게 작은 도움의 손길을 내밀어 주기로 했다.

석가모니는 지옥으로 향하는 구멍에 거미줄 한 줄을 내려주었다. 강도는 생명의 동아줄이라도 발견한 양 필사적으로 거미줄을 부여잡고 죽을힘을 다해 위로 올라갔다. 하지만 지옥에 있던 다른 사람들이 이러한 기회를 보고 그냥 넘어갈 리 없었다. 모두 우르르 몰려와 앞 다투어 거미줄을 붙잡았다. 강도가 아무리 욕설을 내뱉으며 떼어내려고 해도 그들은 거미줄에서 손을 놓지 않았다.

거미줄을 부여잡은 사람들이 점점 늘어나자 강도는 안 그래도 가느다란 거미줄이 무게를 이기지 못하고 끊어져버리는 건 아닌지 불안해졌다. 지옥을 빠져나갈 수 있는 유일한 희망이 물거품이 될지도 모른다는 생각에 그는 칼로 거미줄 아랫부분을 싹둑 잘라버렸다. 그 순간 거미줄은 사라져버렸고, 강도는 물론 감자 넝쿨처럼 매달려 있던 사람들 모두가 다시는 빠져나올 수 없는 지옥의 불길 속으로 와르르 떨어졌다. 석가모니는 마지막까지 선행에 인색한 강도를 대하자 그나마 남아 있던 연민마저 사라져버렸다.

사실 석가모니가 내려준 거미줄은 절대 끊어지지 않도록 단단히 만들어졌기 때문에 더 많은 사람들을 구하고도 남을 만한 것이었다.

절박한 상황에 직면했을 때 어떤 사람들은 타인보다 자신의 안위를 먼저 생각하고, 심지어 자신을 위해 타인의 희생을 당연시하기도 한다. 그러나 자기만 아는 사람은 결국 마찬가지로 타인의 배려를 받을 수 없으며, 이기심 때문에 스스로가 놓은 덫에 걸릴 수도 있음을 명심하자.

흔히 '경영의 신'이라 불리는 일본의 기업인 마쓰시타 고노스케松下幸之助가 어느 날 손님을 대접하기 위해 한 식당을 찾았다. 그를 포함한 일행 여섯 명은 모두 쇠고기 스테이크를 시켜 먹었다. 메인 메뉴의 식사가 끝나자 마쓰시타는 비서에게 스테이크를 만든 요리사를 불러오라고 했다. 그는 '매니저가 아니라 요리사를 데려오라'고 힘주어 강조했다.

비서는 마쓰시타가 스테이크를 반쯤 먹다 남긴 것을 보고 곧 난감한 장면이 펼쳐지겠거니 생각했다.

요리사가 잔뜩 긴장한 표정으로 들어왔다. 명성 높은 손님의 호출이어서 더욱 그랬다.

"스테이크에 무슨 문제라도 있습니까?"

그가 조심스럽게 물었다.

"아니오. 스테이크는 매우 훌륭해요. 하지만 난 반밖에 먹을 수 없소. 당신의 요리 솜씨 때문이 아니니 오해는 마시오. 쇠고기는 정말 부드럽고 맛있었소. 당신의 요리 실력도 완벽했소. 하지만 여든이 넘다 보니 소화 능력이 예전 같지 않군."

요리사와 나머지 다섯 명의 손님은 황당해하며 서로를 흘끔흘끔 쳐다보았다.

마쓰시타는 계속 말을 이어나갔다.

"자네에게 직접 말해주는 게 나을 거라고 생각했소. 내가 남긴 스테이크 반쪽이 그대로 주방으로 되돌아가면 혹시 자네 기분이 상하지 않을까 싶어서."

그제야 사람들은 그의 진정한 의도를 눈치 챘다.

당시 남을 배려하는 마쓰시타의 인품을 직접 체험한 일행들은 그 후 더욱 적극적으로 그와 거래를 트기 시작했다.

타인의 기분을 세심하게 배려하고, 상대방의 입장에서 생각하는 태도를 길러라. 타인에 대한 배려가 생활화된 사람은 늘 타인의 존중을 받으며, 그들에게는 늘 더 많은 기회들이 찾아온다.

남아프리카의 바벰바 족은 현실적인 칭찬은 좋은 약과 같다고 굳게 믿는다. 진실한 칭찬 한마디가 실수로 인해 금이 간 상대의 정신적 상처를 아물게 하고, 마음속에 뭉친 응어리를 풀어주며, 상대의 비뚤어진 행동을 올곧게 바로잡아줌으로써 개과천선의 약효를 톡톡히 발휘한다는 것이다.

부족 내의 누군가가 잘못을 하면, 족장은 죄지은 자를 마을 한복판 광장에 공개적으로 세워놓고 죗값을 치르도록 한다.

그런데 범죄인을 다루는 그들의 방식은 무척 기발하고 독특하다. 이런 상황이 발생하면 남녀노소 할 것 없이 하던 일을 모두 멈추고 마을 광장으로 모여든다. 그들은 죄지은 사람을 둥글게 둘러싼 후 칭찬 요법으로 그의 영혼을 '치료'하기 시작한다. 그의 잘못을 바로잡고, 이번 일을 교훈 삼아 그가 새롭게 태어나기를 바라는 마음에서다.

부족 사람들은 장유유서의 원칙에 따라 최고 연장자부터 발언하기 시작해 어린아이까지 차례로 말한다. 그들의 발언 내용은 죄인의 잘못과 악행을 낱낱이 까발리는 것이 아니다. 오히려 그 반대로 과거에 그 사람이 부족을 위해 어떤 선행을 베풀었는지에 대해 이야기하는 것이다.

부족 내 구성원들은 죄인의 장점과 선행에 대해서 더하거나 빼지 않고 사실 그대로 한마디씩 한다. 발언할 때는 과장되게 부풀리거나 불쾌한 감정을 싣지 않고 객관적인 사실만을 언급해야 한다. 또한 앞서 언급된 장점이나 선행을 뒷사람이 중복해서 말하는 것도 허용되지 않는다.

그러다보니 사람들이 돌아가면서 말을 할 때마다 선물 보따리를 하나씩 풀 듯 새로운 내용의 칭찬들이 쏟아져 나온다. 이러한 '칭찬폭격' 의식은 부족 사람들 모두가 빠짐없이 이야기를 하고 난 후에야 마무리된다.

칭찬 의식이 끝나고 나면 바로 이어서 한바탕 축제가 벌어진다. 축제는 족장의 주최 하에 펼쳐지며 남녀노소 모두 하나 되어 어우러지는 자리다. 그들은 춤과 노래로 죄지은 사람의 환골탈태를 축하해주고, 새로운 마음으로 다시 시작하는 인생에 축복을 기원한다.

생각이 꼬리를 물다

대부분의 사람들은 듣기만 해도 기분이 좋아지는 칭찬의 묘미를 잘 알고 있다. 이렇듯 칭찬이 때로는 약이 된다. 잘못을 저지른 사람을 칭찬으로 감싸주면, 상대는 오히려 양심에 손을 얹고 빨리 뉘우치는 기색을 보인다. 악행과 허물을 씻어내는 데 솔직한 칭찬보다 더 확실한 치료법은 없다.

한 음악과 학생이 연습실로 들어섰다. 피아노 위에는 새로운 악보가 놓여 있었다.

"최악의 난이도군."

그는 악보를 넘기며 중얼거렸다. 악보를 보는 순간 기운이 쑥 빠지는 듯했다.

새로운 지도 교수를 만난 지 벌써 3개월이 지났지만 그는 교수의 이러한 지도 방식을 이해할 수 없었다. 가까스로 마음을 가다듬은 그는 피아노 건반 위에서 열 손가락을 열심히 놀리며 연습을 시작했다. 피아노 소리가 연습실을 가득 채웠고, 연습에 열중하느라 그는 교수가 들어오는지도 몰랐다.

지도 교수는 유명한 피아니스트였다. 그는 이 학생이 새로 들어온 첫날 악보 하나를 건네며 말했다.

"한번 쳐보게."

난이도가 높은 악보 앞에서 학생은 손가락과 건반이 따로 노는 듯 실수를 연발했다.

"아직 멀었네. 돌아가서 열심히 연습하게."

수업을 마치면서 교수는 학생을 엄하게 다그쳤다.

학생은 일주일 동안 만사를 제쳐두고 이 곡만 부지런히 연습했다. 그런데 둘째 주 수업에서 교수는 더 어려운 악보를 펼쳐놓고 쳐보라고 했다. 지난 주 과제에 대해서는 언급조차 하지 않았다.

그는 한층 어려워진 곡을 연습하느라 진땀을 뺐다.

셋째 주에는 그보다 더 어려운 악보가 등장했다. 이러한 상황은 계속 되풀이되었고, 그는 매번 수업 시간마다 새롭게 펼쳐지는 악보에 주눅이 들었다. 돌아가서 곡을 아무리 열심히 연습해 와도 다음 주에 가보면 두 배 이상 어려워진 악보가 그를 기다리고 있었다. 도저히 진도를 따라갈 수 없었고, 딱히 연주 실력이 나아지는 것 같지도 않았다. 오히려 시간이 갈수록 불안하고, 자신이 없어졌다.

교수가 연습실로 들어온 것을 안 학생은 더이상 참지 못하고, 지난 석 달 동안 왜 그렇게 자신을 혹사시켰냐고 따져 물었다.

교수는 아무 말 없이 첫날 연주했던 악보를 그에게 건네주었다.

"한번 연주해보게."

그는 근엄한 눈빛으로 학생을 주시했다.

그런데 신기한 일이 일어났다. 학생이 그 곡을 너무도 완벽하고 아름답게 연주해낸 것이다. 학생 본인도 자신의 현란한 손놀림에 놀라워했다. 교수는 두 번째 수업 때 쳐보라고 했던 악보를 꺼내 들었다. 학생은 이번 곡도 멋들어지게 연주했다. 연주를 마친 학생은 놀랍다는 표정으로 선생님 쪽을 뚫어져라 쳐다보았다.

교수는 그제야 입을 열었다.

"내가 자네에게 자신 있는 곡만 연주하게 했다면, 자네는 아마 첫날 그 곡 수준에만 머물 뿐 지금 실력까지 올라오지는 못했을 걸세."

생각이 꼬리를 물다

우리는 보통 가장 익숙한 것, 가장 자신 있는 것을 내보이기 좋아한다. 게다가 대개 쉬운 것부터 시작해서 조금씩 난이도를 높여가려고 한다. 사실 쉬운 단계부터 서서히 올라가다 보면 갈수록 어렵다고 느껴져 중도 하차하는 경우가 많다. 그러나 역으로 어려운 것부터 해결하고 쉬운 것에 접근하면 일은 의외로 수월하게 풀린다.

학교에서 항상 꼴찌를 도맡아 하는 남자아이가 있었다. 선생님들은 그의 머리에 문제가 있는 것 같다고 입을 모았다. 늘 과묵했던 이 아이는 혼자 집 앞 정원에 앉아 꽃과 곤충을 구경하면서 한나절을 보냈다. 한번은 그의 아버지가 아이를 불러다가 꾸짖었다.

"쓸데없는 동물, 곤충들이나 잡으러 다닐 줄 알았지, 뭐 하나 제대로 하는 게 없니? 그렇게 살다간 너 자신은 물론이고, 우리 가족들도 힘들어질 게다."

그의 누나도 공부는 뒷전이고 이상한 행동만 하는 남동생을 곱게 보지 않았다. 하지만 그의 어머니만은 그런 아들에게 변함없는 사랑을 보여주었다. 만일 아이에게 그러한 흥밋거리마저 없다면 일상이 얼마나 무미건조했을지 어머니는 잘 이해하고 있었다. 그래서 그녀는 아들을 다그치는 남편을 볼 때마다 이렇게 말했다.

"그렇게 아이를 매몰차게 몰아붙이지 말아요. 천천히 변하도록 기다려보자고요."

"그렇게 교육시키다가 아이 인생을 다 망가뜨릴 참이오?"

아버지가 아무리 못마땅해해도 어머니는 뜻을 굽히지 않았다. 아이에게 무엇보다 필요한 건 자신의 보살핌과 격려였기 때문이다.

어머니는 평소 두 아이를 데리고 정원으로 자주 산책을 나갔다. 그녀는 아이들에게 "자, 애들아, 시합 한번 해볼까? 꽃잎만 보고 그게 무슨 꽃인지 알아맞히는 거야"라고 제안하곤 했다. 남자아이는 언제나 문제를 척척 알아맞혔는데 정답을 말할 때마다 어머니는 아들에게 입맞춤을 해주었다. 이러한 적극적인 격려는 더없이 좋은 에너지 공급원이 되어주었다. 그 뒤로 아이는 정원에 나와 거의 살다시피 했다. 하루 종일 정원의 식물들을 관찰하는 데 몰입했고, 나비 날개에 반점이 몇 개 있는지까지 예리하고 정확하게 관찰했다.

아이의 아버지는 거의 방임에 가까운 어머니의 교육 방식이 여전히 성에 차지 않았다. 아이의 행동을 규제하지 않는 무조건적인 연민은 결국 아이에게 하나도 이로울 게 없다고 여겼기 때문이다.

그러나 동식물에 온통 마음을 빼앗긴 이 아이는 나중에 성장해서 세계를 깜짝 놀라게 한 저명한 생물학자가 되었다. 그가 바로 진화론의 창시자 다윈이다.

생각이 꼬리를 물다

진로를 정하는 문제는 그 사람 인생의 성패 여부와 직결된다. 자신이 관심 가는 분야, 흥미를 느끼는 분야가 최적의 발전 방향이다. 관심이 쏠리는 분야로 과감하게 뛰어들어라. 이것이 곧 성공한 사람들의 공통분모다.

한 탐험가가 남미의 숲 속에서 고대 잉카제국 문명의 유적을 찾고 있었다. 현지에서 고용한 가이드와 짐꾼들이 그와 동행했다. 일행은 거침없는 기세로 깊은 숲 속을 향해 걸어 들어갔다.

현지 토착민들은 워낙 다리 힘이 좋아서 무거운 짐을 지고도 날아갈 듯 가뿐하게 숲을 헤치며 앞으로 나아갔다. 탐험가가 쉬었다 가자고 먼저 말을 꺼내고서야 가던 걸음을 멈추고 탐험가를 기다렸다.

탐험가는 육체적으로는 힘들었지만 하루라도 빨리 목적지에 도착해서 평생소원이던 고대 잉카제국의 신비한 유적을 연구하고 싶은 마음이 간절했다.

넷째 날, 아침 일찍 눈을 뜬 탐험가는 부랴부랴 짐을 챙겨 떠날 준비를 했다. 그런데 토착민들을 이끌던 통역 가이드가 극구 따라가기를 거부하는 것이 아닌가. 탐험가는 다짜고짜 안 가겠다고 버티는 그의 행동을 이해할 수 없었다. 그러나 그들과 실랑이를 하는 과정에서 한 가지 흥미로운 사실을 알게 되었다. 이들 토착민은 예로부터 먼 길을 떠나면 일단 쉬지 않고 사력을 다해 걷는 습관이 있는데, 사흘을 쉬지 않고 걸었으면 하루는 꼭 쉬어야 한다는 것이었다.

탐험가는 그들의 이러한 풍습이 낯설면서도 신기했다. 호기심이 생긴 그는 가이드에게 그들 부족에게 그런 습관이 전해 내려오는 이유를 물었다. 그의 질문에 가이드는 정중하게 대답했다.

"영혼이 사흘 내내 길을 재촉하며 걸어오느라 피곤한 육체를 따라잡으려면 시간이 필요하기 때문입니다."

그의 설명을 들으며 탐험가는 한참 동안 생각에 잠겨 있었다. 그러다가 어느 순간 이번 탐험에서 정말 소중한 수확을 얻었다는 깨달음에 슬며시 미소 짓기 시작했다.

생각이 꼬리를 물다

무슨 일이든 영혼이 당신의 육체를 따라잡지 못할 정도로 열정을 다해서 몰입해야 한다. 혼신의 힘을 다해 일하는 것만큼 아름다운 모습은 없다. 하지만 쉬어야 할 때는 잠시 일에서 벗어나 자유로워져야 한다. 일에 찌들어 피곤이 잔뜩 쌓인 육체에 다시 에너지를 불어넣고, 뒤처져 있던 영혼이 제자리를 찾을 수 있는 시간이 필요하다. 분주하게 돌아가는 일상 속에서도 간간이 당신의 영혼을 위한 쉼표를 찍어야 한다.

chapter 11

여유로운 마음으로 일상의 기쁨들을 퍼 올려라

삶이 팍팍하고 메마르다고 느낀 적이 있는가? 의욕 없는 소극적인 일상이 계속되는가?

이는 여유로운 마음으로 삶을 즐길 줄 모르기 때문이다. 일상의 작은 부분이라도 소홀히 하지 마라. 일이 바쁘다는 핑계로 일상에서 만나는 작은 기쁨들을 놓치지 마라. 여유로운 마음으로 삶에 다가서면 당신의 인생은 더욱 다채롭고 활기차게 변할 것이다.

어느 날 아랍의 유명 작가 알리는 길버트, 마샤 두 친구와 함께 여행을 떠났다.

세 사람이 산속을 지날 무렵, 마샤가 발을 잘못 디뎌 절벽으로 떨어질 뻔했다. 다행히 민첩한 길버트가 필사적으로 그의 옷소매를 끌어당겨 생명을 구할 수 있었다.

감동한 마샤는 친구의 은혜를 영원히 기억하기 위해 근처의 큰 바위에다 '모년 모월 모일, 길버트가 마샤의 생명을 구하다'라는 글귀를 새겨 넣었다.

다시 길을 떠난 세 사람은 며칠 후 강가에 도착했다. 먼 길을 걸어오느라 피곤이 쌓인 탓인지 신경이 예민해진 길버트와 마샤는 작은 일로 다툼을 벌였다. 급기야 화가 난 길버트가 마샤의 뺨을 때리고 말았다.

뺨을 맞은 마샤는 화가 치밀어 올랐지만 길버트에게 손찌검을 하지는 않았다. 대신 모래밭으로 달려가 모래 위에 '모년 모월 모일, 길버트가 마샤의 뺨을 때리다'라는 글귀를 적었다.

여행을 마치고 고향으로 돌아온 후 알리는 호기심 가득한 표정으로 마샤에게 물었다.

"길버트가 목숨을 구해준 일은 바위에 새기고, 뺨을 때린 일은 모래 위에 새긴 이유가 도대체 뭐지?"

그러자 마샤가 의미심장하게 대답했다.

"길버트가 내 생명을 구해준 일은 평생 감사하고 영원히 기억해야 할 일이네. 하지만 그가 날 때린 일은 모래가 강물에 쓸려가는 것처럼 빨리 기억에서 지워버려야 하거든."

생각이 꼬리를 물다

살면서 우리는 수많은 일을 겪고, 다양한 사람들을 만난다. 지혜로운 사람은 타인의 결점이나 잘못은 잊어버리고, 그들의 좋은 모습만을 기억한다. 타인의 잘못에 관대한 사람이 진정으로 현명한 사람이다.

존스는 맥주 공장의 사장이다. 그와 거래하는 업체의 구매자인 크라운은 존스에게 맥주 대금 천 달러를 외상 지고도 오래도록 갚지 않고 있었다.

한번은 크라운이 존스를 찾아와 맥주 질이 갈수록 형편없어진다며 다짜고짜 따졌다. 자신이 입만 벙긋했다 하면 맥주 매출량이 바닥으로 떨어지는 것은 시간문제라며 협박까지 했다. 게다가 품질에 문제가 있었으니 외상값 천 달러도 갚을 이유가 없다며 억지를 부리고, 급기야는 거래 중단까지 선언했다.

존스는 당황스럽고 속상했지만 끝까지 화를 참았다. 그는 크라운의 말이 끝나자 불만에 적극 수긍한다며 깍듯이 대답했다.

"당신의 의견은 하루 속히 공장 쪽에 반영해 시정하도록 하겠습니다. 저희 맥주에 하자가 있었다니, 맥주 대금 천 달러는 지불하지 않아도 좋습니다. 앞으로 저희 회사 맥주를 사지 않겠다고 하셨는데, 그건 고객님 자유입니다. 저희 맥주가 마음에 들지 않으시다면 제가 다른 유명한 맥주 공장을 소개해드리겠습니다.”

존스의 뜻밖의 답변에 크라운은 당황했다. 사실 그는 외상 대금을 갚지 않으려고 맥주 품질 운운하며 핑계를 만들었던 것이다. 그러나 존스는 정면으로 반박하지 않고 교묘한 우회 전술로 응수했다. 그는 상대의 의견을 겸허하게 받아들이는 척하며 크라운의 불만을 잠자코 듣다가 기회를 봐서 정중한 태도로 회사의 상황을 설명했다.

크라운은 존스의 솔직하고 성실한 태도에 감동해 그와 거래를 계속했고, 다른 업체들에게 적극 소개해주기까지 했다.

생각이 꼬리를 물다

한 걸음 뒤로 물러서야 더 큰 보폭으로 전진할 수 있다. 영업도 그렇고, 협상도 마찬가지다. 일시적인 양보는 향후 더 큰 공격을 위한 연막작전이다. 물러섬과 나아감의 법칙을 업무나 일상에서 융통성 있게 운용할 필요가 있다.

캐나다 퀘벡 주에 남북으로 뻗은 계곡이 하나 있다. 이 계곡은 여느 계곡들과 크게 다를 바 없으나 한 가지 특이한 점이 있다. 서쪽 산등성이에는 소나무, 측백나무, 당광나무 등 다양한 나무들이 우거져 있는데 반해 동쪽 산등성이는 온통 히말라야 삼나무 일색이라는 점이다. 이 기묘한 절경이 어떻게 탄생되었는지 그 유래를 아는 사람은 아무도 없었다. 그런데 한 부부가 우연히 이 수수께끼를 풀었다.

어느 겨울, 거의 파경 직전이던 부부가 과거의 애틋한 감정을 되살리고자 여행을 떠났다. 그들은 여행을 통해 사랑을 재확인할 수 있으면 계속 결혼 생활을 유지하고, 전혀 감흥이 오지 않으면 미련 없이 갈라서기로 했다.

그들이 이 계곡에 도착할 무렵 하얀 눈이 펑펑 쏟아졌다. 부부는 텐트를 쳐놓고 흩날리는 눈보라를 가만히 지켜보다가 특이한 광경 하나를 목격했다. 바람의 방향 때문인지 동쪽 산등성이에 서쪽보다 훨씬 더 많은 눈이 쌓여 있었다. 잠시 후 히말라야 삼나무 위에 두텁게 쌓인 눈이 나뭇가지를 압박하기 시작했다. 바로 그때 탄력이 좋은 삼나무 가지가 아래로 휘어지더니 나뭇가지 위에 쌓인 눈들을 아래로 와르르 쏟아냈다. 눈이 어느 정도 쌓이면 가지가 휘어졌고 이내 눈더미는 땅으로 떨어졌다. 이런 현상을 반복하면서 히말라야 삼나무는 눈보라에도 생채기 하나 없이 멀쩡하게 버티고 있었다. 그러나 다른 나무의 가지들은 꼿꼿하기만 할 뿐 휘어졌다가 펴지는 탄력이 없었다. 그러다 보니 눈덩이의 압박에 못 이겨 툭툭 부러지고 말았다.

이 모습을 가만히 바라보던 아내가 남편에게 말했다.

"예전에는 동쪽 산등성이에도 잡다한 나무들이 함께 우거져 있었을 거예요. 다만 가지를 굽힐 줄 몰랐기 때문에 눈보라에 쓰러져 하나 둘 사라져버린 거겠죠."

울컥해진 두 사람은 서로를 꼭 껴안았다.

생각이 꼬리를 물다

삶의 무게가 어깨를 짓눌러 극심한 중압감에 시달리는 현대인들이 많다. 과도한 스트레스가 쌓이고 쌓여 압박의 수위가 높아지다가는 언젠가 참지 못하고 쓰러질지도 모른다. 삶의 무게가 버겁다고 느껴지면 잠시 몸을 숙여서 짐을 털어내라. 그래야 나중에 다시 일어설 수 있다. 구부리는 것은 삶에 대처하는 현명하고 유연한 생존 방식일 뿐 결코 비굴함이나 실패를 의미하지 않는다.

어느 대학 가정관리학과에서 결혼 문제 전문가를 초빙해 '결혼의 경영 법칙과 아이디어'라는 주제로 특강을 마련했다. 강사는 교실에 들어서자마자 들고 온 도표를 내걸었다. 첫 장에는 큼지막한 글씨로 아래와 같은 문장이 적혀 있었다.

결혼의 성공 법칙은 딱 두 가지다.
첫째 좋은 사람 찾기, 둘째 스스로 좋은 사람 되기.

"사실 성공적인 결혼 생활의 비결은 이렇게 간단합니다. 결혼에 대한 수많은 조언들이 쏟아지지만 제가 보기에는 대개 단편적이거나 흔해 빠진 이론일 뿐입니다."
학생들은 쉽게 공감이 되지 않는지 여기저기서 웅성대기 시작했다.

잠시 후 한 여학생이 일어나 물었다.

"만약 저 두 가지 항목을 해내지 못하면요?"

강사는 자료를 다음 장으로 넘기며 말했다.

"그럼 항목이 네 가지로 바뀝니다."

1. 상대를 용인하고 도와주기, 도움 주지 못한다면 계속 인내하기

2. 용인을 습관화하기

3. 바보 같은 행동이 몸에 배도록 하기

4. 평생 바보 노릇 하기

강사가 내용을 다 읽기도 전에 학생들은 말도 안 된다며 다시 술렁거렸다. 그는 학생들이 조용해지기를 기다렸다가 말을 이었다.

"이 네 가지를 실천하지 못하면서 안정된 결혼 생활을 원한다면 여러분들은 이제 열여섯 가지를 지켜야 합니다."

강사는 세 번째 페이지를 펼쳤다.

1. 동시에 화내지 않기

2. 정말 다급한 상황이 아니면 큰소리 내지 않기

3. 논쟁에서 져주기

4. 싸우면 바로바로 화해하기

5. 싸운 다음 밖에 나가 있는 시간은 여덟 시간을 넘기지 않기

6. 직설적으로 지적하지 않기

7. 언제든지 잘못을 시인하고 사과하기

8. 상대방에 대한 안 좋은 소문은 듣고 흘려버리기

9. 매달 하루씩은 자유 시간 주기

10. 잠자리에서는 악감정 싣지 말기

11. 상대방이 귀가할 때는 항상 집에서 대기하기

12. 상대방이 방해받고 싶지 않아 하면 혼자 있게 내버려 두기

13. 전화벨이 울리면 상대방에게 받도록 하기

14. 금전적인 비밀은 모두 털어놓기

15. 돈이 없어도 버티기

16. 상대방의 부모님에게 용돈 더 많이 드리기

강사가 항목을 쭉 읽어 내려가자, 학생들은 웃거나 한숨을 쉬는 등 다양한 반응을 보였다. 잠시 후 강사가 설명했다.

"이 열여섯 가지 조항에 실망하셨나요? 이 다음에는 이백오십여섯 가지 항목이 기다리고 있습니다. 이처럼 행복한 결혼 생활을 위한 조건은 기하급수적으로 늘어나는 법입니다. 기본을 지키지 않으면 기존의 조건이 제곱이 되어 덧붙게 되죠."

강사가 다음 장으로 넘기자 이번에는 깨알 같은 글씨로 256가지 항목이 빽빽하게 적혀 있었다. 그는 학생들에게 단호하게 말했다.

"결혼 생활이 이 정도에 이르렀다면 이미 위험수위에 달한 겁니다."

결혼의 법칙은 두 사람이 함께 추구해야 할 경영 철학과 같다. 성공적인 결혼 생활을 위한 최고 비결은 두 사람 모두 서로에게 좋은 사람이 되어주는 것이다. 만약 이를 지키지 못하면 성공적인 결혼의 전제 조건은 기하급수적으로 불어난다. 기본 조건을 실천하지 못하면 추가 조건들이 늘어나 갈수록 난해해지는 것이 결혼 생활이다.

겉으로 드러나지 않은 모습이
진짜 모습이다

중년에 접어든 어느 부부가 위기를 맞았다. 젊고 당당한 미모의 여성이 그들 사이에 끼어들었기 때문이다. 아내는 남편을 사랑한다는 젊은 여성과 맞대면한 자리에서 한참 동안 말이 없었다. 그러다가 조용히 종이 한 장을 꺼내더니 여자에게 말했다.

"우리가 사랑하는 그 남자가 어떤 사람인지 여기 한번 적어보는 게 어때요?"

여자는 주저없이 쭉 써 내려갔다.

"키가 크다, 잘생겼다, 자상하다, 진취적이다, 사업 능력이 뛰어나다……."

그녀가 적은 내용은 온통 칭찬 일색이었다.

반면 아내가 적어 낸 종이에는 남자와 함께 산 세월의 흔적이 고스란히 전해졌다.

"약간 소심하다, 천둥을 무서워한다, 소화 능력이 떨어져 딱딱한 음식을 못 먹는다, 기억력이 나빠서 물건을 여기저기 흘리고 다닌다, 잠잘 때 이를 간다, 생활이 불규칙하다, 담배와 술을 좋아한다, 손재주가 없어 형광등 하나 제대로 달 줄 모른다, 집안일을 전혀 도와주지 않는다……."

완벽해 보이던 남자의 이면에 숨겨진 실상을 알게 되자 젊은 여자는 약간 놀란 듯했다. 남자에게 가졌던 호감도 반감되었다.

중년의 여자는 젊은 여자에게 차분한 목소리로 설명했다.

"그래요. 우린 지금 둘 다 똑같이 한 남자에 대한 느낌을 적었어요. 하지만 아가씨가 본 모습은 그 사람의 단면일 뿐이에요. 전부를 본 게 아니라고요. 그이와 함께 산다고 해도 당신이 생각한 것처럼 완벽한 미래가 펼쳐지진 않을 거예요."

생각이 꼬리를 물다

남에게 보이는 외형적인 모습은 그 사람의 일부분에 지나지 않는다. 겉으로 드러난 이미지는 대외홍보용일 뿐이며, 남들에게 드러나지 않는 이면의 모습이야말로 진정한 당신의 삶의 모습이다.

나를 변화시키는
좋은 습관 실천편

한창욱 지음
46변형판 | 288쪽 (본문 2도) | 11,000원

70만 독자를 사로잡은 습관의 바이블, 『나를 변화시키는 좋은 습관』의 실천편!
꿈꾸고 성취하는 것이야말로 참된 인생이다. 삶의 숱한 위기와 좌절의 순간을
시간, 이상, 인맥, 열정 관리를 통해 헤쳐 나가 보자.

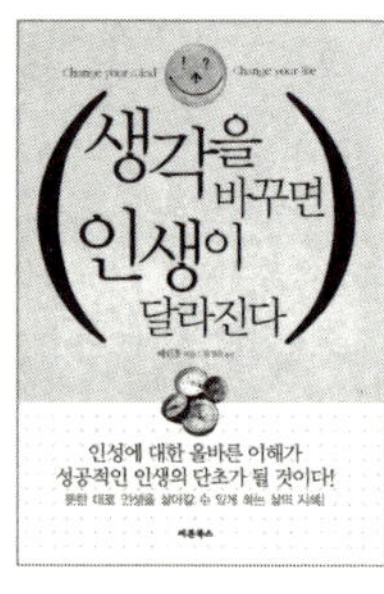

생각을 바꾸면
인생이 달라진다

예린훙 지음 | 김경숙 옮김
신국판 | 224쪽 (본문 2도) | 10,000원

인성에 대한 올바른 이해가 성공적인 인생의 단초가 될 것이다. 이 책을 통해
뜻한 대로 인생을 살아갈 수 있게 하는 삶의 지혜를, 성공으로 가는 삶의 지혜
를 얻을 수 있을 것이다.

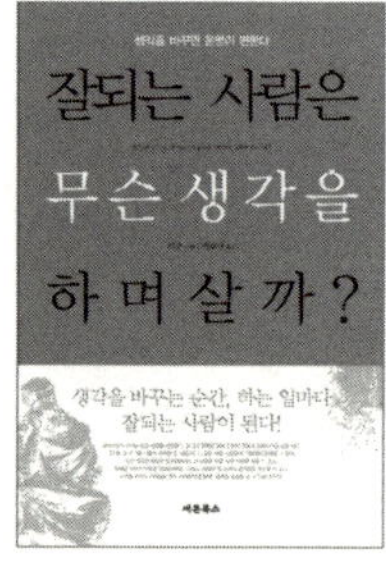

잘되는 사람은
무슨 생각을 하며 살까?

허샨 지음 | 박수진 옮김
신국판 | 320쪽 (본문 2도) | 12,000원

잘되는 사람들의 생각 보물창고! 인생은 우리에게 주어지는 단 한 번의 행운이
자, 흥미롭고 박진감 넘치는 소중한 여정이다. 어떠한 상황에 놓이더라도 믿음
을 갖고 열심히 임하라.

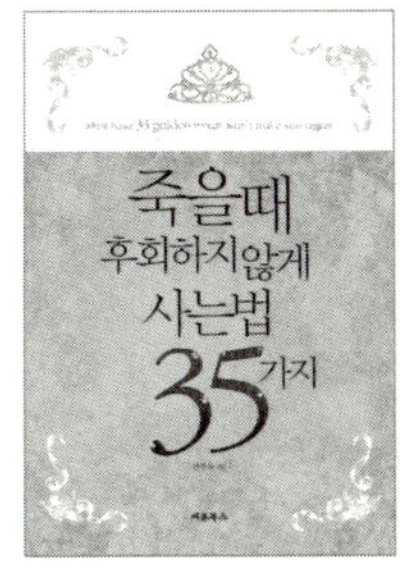

죽을 때 후회하지 않게
사는 법 35가지

한창욱 지음
신국판 | 200쪽 (본문 2도) | 11,000원

오늘 죽을 것처럼 사랑하라! 가슴 벅찬 비전을 안고, 오늘의 삶이 마지막 하루인 것처럼 열정적으로 살아라. 아름답고 멋있었던 삶이었노라 감사할 수 있으리라!

나를 변화시키는
긍정적 생각의 힘

박기현 지음
신국변형판 | 240쪽 (본문 2도) | 10,000원

성공을 부르는 코드네임! 긍정적 생각의 힘으로 삶을 반올림하라! 이 책을 읽고 나면, 성공에 이르려면 왜 긍정적인 생각의 힘이 필요한지를 새삼 깨닫게 될 것이다.

칭찬하는 지혜
거절하는 기술

자오지에 지음 | 송하진 옮김
신국판 | 288쪽 (본문 2도) | 9,900원

언어의 지혜와 행동의 기술을 담은 36가지의 올바른 전략. 말하기와 행동하기는 사회적 인간으로서의 삶을 영위하기 위한 핵심적 요소이다. 언어의 지혜와 행동의 기술을 체화하라. 당신도 뛰어난 행동가, 화술의 달인이 될 것이다.

지은이 **바이취엔전** 옮긴이 **강경이** 펴낸이 **박은서** 펴낸곳 **도서출판 주변인의길 & 새론·북스**
편집 **수선화기획** 마케팅 **권영제**
주소 **경기도 파주시 교하읍 문발리 535-7 파주출판정보단지 세종출판벤처타운 404호**
전화 **(031) 978-8767** 팩스 **(031) 978-8769**

■ http://www.jubyunin.co.kr ■ myjubyunin@naver.com

초판 1쇄 발행일 2007년 2월 5일
개정판 1쇄 발행일 2010년 5월 20일 | 개정판 9쇄 발행일 2011년 2월 25일

© 주변인의길 & 새론북스
ISBN 978-89-93536-19-5(03820)